廃市

TakeHiko
FuKunAga

福永武彦

P+D
BOOKS
小学館

目次

廃《はい》市《し》

……さながら水に浮いた灰色の棺である。

北原白秋「おもひで」

木立の間に細い月が懸って梢や枝を影絵のように黝《くろず》ませていたから、河はただ河明りによってそれと知られるだけだった。僕はしかし河の音がひっきりなしに聞えて来るのを、いまいましい気持で耳にしながら、その方向を見定めていた。夜はもう晩く、町は寝しずまって、聞えて来るのは河音ばかり、月があっても此処からは水の表に反射する月の光を見ることが出来なかった。僕は舌打ちをしてぼんやりと縁側の欄干に凭《もた》れていた。誰にでもそんな経験はあるだろう。旅に出てその最初の晩に寝つかれないというようなことが。僕の場合にはそれは河の音だった。庭のすぐ向うが大河《おおかわ》で、そのゆるやかな水音は夕方此処に着いた時にはさして気にも留めなかったのだが、枕に就いてからは途方もなく大きく聞えた。初めはそれでも、時々そこを漕ぎ渡って行く小舟の櫓の音などが風流めかしく、ああこれでは直に眠れるな、疲れてもいるのだから、と思っていた。しかし夜が更けるにつれ、頭は一層冴えて、とても眠れそうになくなったので、団扇を手に蚊帳から出て、雨戸を一枚そっと繰り、ぼんやり表を眺めるということになった。その時、僕は遠くで女の泣き声らしいものを聞いたのだ。多分母屋の方でだと思ったが、方角ははっきりとは分らなかった。悲しげに喘ぐような声が、細く長く続いてぞっとするような鬼気を感じさせた。まだ若い月を雲が隠したり現したりしながら流れて行った。夜気がしんと降りて暑いとは感じなかった。僕はじっと耳を澄ませていた。

それはもう十年の昔になる。その時僕は大学生で、卒業論文を書くために、一夏をその町のその旧家で過した。勿論初めからそんな遠くの、一度も行ったことのない町なんかに出掛けて行くつもりはなく、安くて静かで勉強の出来そうな宿屋さえ見つかれば何処でもよかったのだが、それがそう簡単には見つからなかった。そこにたまたま親戚の者がその町の話をして、識り合いの家があるからと紹介してくれた。僕が叔父の話を直に信用して、わざわざ遠くへまで出掛けて行ったのは、叔父の話の中に、その町なり、その家なりについて何か僕を惹きつけるものがあったからに違いない。しかし僕はもうそれを忘れてしまった。青春というものは何と早く過ぎ去り記憶を消し去ってしまうものか。毎日忙しい事務を執る身ともなれば、そういちいち昔のことを思い出す必要もなく暇もないのだ。僕がたまたま新聞紙上で、その町が火事になって町並はあらかた焼けたという記事を読まなかったならば、僕は今更こんな古びた記憶を探りさえもしなかっただろう。僕はそれを読みながら、僕がその町で識り合った人たちのことを思い、あの町もとうとう廃市《はいし》となって荒れ果ててしまったのだろうかと考えた。もともと廃墟のような寂しさのある、ひっそりした田舎の町だった。

僕は鞄の中に参考書や着替などを詰め込み、ぶらっと汽車に乗ってその町へ出掛けた。その当時は若さが僕にどんな無鉄砲をも許していたし気紛れな行動を両親が心配することもなかった。僕は叔父から聞いた通りにその町で汽車から降り、かねて教えられた貝原という旧家を訪ねた。それは夏の初めの日射しの強い日の午後で、やっと訪ね当てた時には汗びっしょりになっていた。

いくら僕が無鉄砲でもあらかじめ手紙で先方の意向は聞いておいたのだが、堂々たる門の中に木深い庭に囲まれたどっしりした昔ふうの建物を見た時には、さすがに少し足がすくんだ。しかし名前を通じると、若い女がすぐに長い廊下を通って離れのようなところへ僕を案内した。僕にあてがわれたのは離れの二階で、縁側から庭を見下すその先に大河《おおかわ》が流れていた。風呂にはいって部屋に戻ると、日が落ちて涼しい風が吹き込んでいた。

記憶というものは少し時間が経つと鮮明ではない。僕はこの夏の或る部分は極めて鮮かに、昨日のことのように覚えているが、しかし全体に渡ってぼんやりと霧の滲んだような記憶しか持ち合せていない。例えば僕が着いたその晩、給仕に出ていたのが誰だったのか、多分女中さんだったとは思うが、しかしひょっとしたら最初の時から安子さんが僕の世話をしてくれたのかもしれない。僕がいま思い出すのは、その最初の晩に僕がいつまでも寝つかれなかったこと、そして夜中にかすかな泣き声を聞いたということ、そしてあの細く中空に懸っていた月のことばかりだ。

あくる日から僕は自分に課した日課を、即ち参考書を読みノオトを取る仕事を始めた。この夏のうちに論文の執筆にかかりたいと思っていたし、それにはまだ眼を通さなければならない書物も残っていたから、気楽な気分ではなかった。しかし何といっても夏で、そんなに本ばかり読んでもいられない。昼寝をすることもあれば散歩に行くこともある。この離れの二階は確かに風がはいって涼しく、決して凌ぎにくくはなかったが、それでもやはり厭きた。そこで昼寝から覚めて、夕方の涼気が僕を誘うようにすると、僕は夕食前のひと時をぶらりと町中に出掛けて行くのが、いつの間にか日課のようになってしまった。

僕が今でもその夏のことを思い浮べると、真先に眼に浮ぶのは、水の多い、ひっそりした、その町の風景である。水の都というのは古都ヴェニスのことだが、(勿論僕はヴェニスに行ったことはないが) この小さな町も或る意味では水の町と呼んでもよかっただろう。町のほぼ中央に大河が流れ、それと平行して小《ちい》さ川《がわ》と呼ばれる川が流れ、その両方の間を小さな掘割が通じていて、それらの人工的な運河は町を幾つにも区切っていた。どうしてそんなに沢山の掘割があるのか不思議なほどで、それは両岸を石垣で築かれて、あるかないかのゆるやかな水脚《みずあし》を示していた。その石垣の上に昔ふうの二階家が建っていたり、柳や竹の多い庭があったりして、小舟がその下を漕ぎ渡って行った。夕暮になると、町の人は舟に乗って夕涼みを愉しむらしかったが、舟は町中の交通にも使われている模様だった。通りを抜けて歩いて行くよりも、舟の方が早くて確実に目的地に着けるということもあったし、荷物などを運ぶにも便利だった。それというのも、この町の道幅はどれもこれもひどく狭くて、自動車が擦れ違うことを許さなかったし、電車というものもなかった。自転車の数も少くて、要するに道というものに、町の人はあまり重要性を認めていなかったのだ。それ位、町の中を掘割が縦横に通じていて、どこの家でも小舟を持っていた。

しかし僕は、足にまかせて夕暮の町を歩いた。何という古びた、しかし美しい町だったろう。戦争の間に一度も空襲を受けたことがないという話だったが、こんな非生産的な、歴史の中に取り残されてしまったような小さな町を、アメリカの飛行機が焼く筈もなかった。店はどれもひっそりして、そのたたずまいに古風な趣きを残していた。呉服屋や染物屋や経師屋などが多かったが、刀剣や刀の鍔や骨董などを商う店も少くなかった。寺もいくつかあった。町の全体が一種の歴史博物館の趣きを有し、例えば洋燈《らんぷ》などが日常品のように骨董屋の店先にたくさん飾られていた。僕はそういうのをいちいち覗き込んでは、ふと自分がイギリス文学などを専攻している大学生であることを忘れてしまった。

道は細くてくねくね曲り、またどっちへ曲っても必ず石づくりの橋へ出た。それはまるで初めに川或いは運河があり、それだけでは不便なあまり道をつけたとしか思われなかった。橋の欄干の両側に必ず街燈が立っていてその灯影を水に映していた。そこに電気が点いていれば、ああもう遅い帰ろうと思って、僕は道を戻り始めるのだ。夕暮には物を焼く匂いが町々を籠めて、物佗びしい静けさを漂わせた。

町が古いように、僕の泊っていた貝原家のおばあさんも、如何にも由緒ありげな媼《おうな》だった。僕は着いた日の翌日、母屋の奥まった座敷へと案内され、そのおばあさんに挨拶をさせられた。大きな仏壇のある、外光の少しも射さない、陰気な黴くさい部屋で、仏壇を背に、脇息に凴れて、まるで古めかしい木彫の人形のように、お年寄が坐っていた。僕はお辞儀をして、そしてしげしげと彫の深いその顔を眺めた。おばあさんから僕の叔父の消息などを訊かれたが、僕はそそっかしくて叔父とこの旧家とにどんな関り合いがあるのか、よく聞いて来なかったので、どうも話がうまく合わなかった。それから僕自身のこと、大学のことや卒業論文のことなどを僕が話す番になったが、この方も多分おばあさんには通じなかったのだろう。側についていた孫娘がしきりに説明を補足したが、彼女はともすれば笑ってしまうので、僕もつい話のとんちんかんなのに吹き出した。おばあさんはこの家に生れ、この町で暮し、町から汽車に乗って何処かへ出掛けるということがなかったらしかった。だから僕が都会の生活をどんなに説明しても、なかなか理解しにくかったわけだ。そして僕はいつの間にか、よく笑う孫娘のほう、つまり安子さんの方に気を奪われていた。

大きな家だったので雇われている女中たちも幾人かいたが、僕の世話をするのは安子さんの役目になっていた。それは二十歳《はたち》そこそこの快活な娘で、この陰気な家には不似合なほど若さを蒔き散らしていた。彼女は僕の勉強中にもとんとんと軽い足音を立てて階段を昇って来ると、まず、お邪魔かしら、と訊き、それから用意して来たお茶の道具や果物などを机の上に置いた。この家ではいつもお茶が作法通りに出て、実を言えば僕の方は夏の盛りには冷たい水でも飲ませてもらった方が有難かったのだが、ついかしこまってお茶を頂くということになった。つまり安子さんは気の置けないお嬢さんには違いなかったが、水を下さい、と言うだけの勇気を僕に与えないだけの、どこかつんとした格式張ったものを持っていた。最初の晩のあの女の泣き声が誰であるか、それも僕に敢て問いただせなかったことの一つだった。それでも安子さんは色んなお喋りをしてくれたから、僕に大体の見当はついた。

この大きな家はすこぶる無人で、雇人たちを別にすると、おばあさんの他に若夫婦と安子さんとが住んでいるだけだった。若夫婦というのは、安子さんの姉である郁代さんと、その連合いでこの貝原家に養子に来た直之《なおゆき》さんとを指していた。しかも不思議なことに、僕はその話を聞くまで、この家の中に若夫婦が住んでいることをちっとも気づかないでいたのだ。いつぞやの泣き声は、その郁代さんの声に違いない、と僕は考えた。その他に心当りの人物はいなかったし、快活な安子さんが泣くなどということは想像も出来なかった。しかし何故だろう。泣くようなどんな理由があるのだろう。僕の関心は自然にそこに向った。

おばあさんの連れ合いは、旧家にふさわしい立派な人であったらしい。しかしその人が死んで息子の、つまり安子さんたちの父の代になると、貝原家の羽振りも昔のようにはいかなくなった。この人は色んな事業に手を出し、結局はどれも成功せずに数年前に亡くなった。従って現在では、直之さんが養子に来てこの家を盛り立てようとしても、手のつけようがない程衰微してしまった。それに直之さん自身も、養子に来た初めの頃の気力を失って、名義ばかりの会社をやっているものの、とかく遊興に耽っているらしい。安子さんも姉夫婦のこととなると、ばかに口が重くなって自分から進んで説明しようとはしなかったし、僕が尋ねてもすぐにはぐらかしてしまった。

「初めの頃は何ということはなかったんですの。お姉さんはわたくしなんかと違ってお雛さまのように綺麗で、直之さんと並ぶとそれはお似合の御夫婦でした。けれどもねえ。」

けれどもどうなのか、安子さんは言葉を濁してそのあとを続けなかった。

夜おそく寝床に入る前に、僕は雨戸を繰りながら、縁側の手摺から母屋の方を窺った。そこはいつもひっそりしていて、もう女の泣き声の洩れることもなく、人声一つ聞えなかった。庭の木立がしんとしずまり返り、蛍がすいすいと間を飛び交っていた。大河は仄かな河明りを漂わせて休みもなく流れていた。どんなに綺麗な人なんだろうか、その郁代さんというお姉さんは、恐らくは物静かな、和服のよく似合う、小づくりな人なのだろう。この古びた町にふさわしく、この旧家にふさわしいような。そして僕は残り惜しげな気持で、雨戸を締め終るのだった。奇妙なことに、僕はその人にも、また直之さんという人にも、決して紹介されなかった。安子さんも決して紹介しようとは言わなかった。

夕方の僕の日課である散歩が、安子さんの気づくところとなって、早くそうおっしゃればいいのに、とたしなめられて、その次の日、僕は安子さんに誘われて小舟で夕涼みに出ることになった。母屋の奥の、庭から石段で大河に降りて行ったところに、陸からも河からも行けるように作られた舟小舎があり、中に数艘の小舟や屋形舟が舫《もや》っていた。若い下男がお伴をして来て櫓を漕いだ。小舟は僕等を乗せてゆらゆらと大河をくだり始めた。

この古びた町の趣きは、舟の上から見るとまた一段とすぐれていた。白い土蔵や白壁が夕陽を受けて赤々と輝き、それが蒼黒い波に映って見事な調和を示していた。小舟が横にそれて掘割にはいると、水の上に藻がはびこって、その緑色が蒼い水の上に漂うさまが夢のようだった。小舟は明るくなったり暗くなったりする水路をゆるやかに進んで行き、或るところでは柳の枝が水の上に垂れた間を進み、或るところではたくさんの藻が櫓に絡まって白い水滴をしたたらせ、舟の歩みを遅くした。僕等はやがて岸辺に沿って舟をとめ、安子さんと僕とは石段を踏んであがって行ったが、そこは今迄に一度も僕の来たことのない公園だった。夕涼みの人たちが幾人か団扇を使ってベンチに腰を下していた。

「僕はこの町がとても気に入った。こんなところで暮して行けたらどんなにいいだろうと思うなあ。」

「あら何処がお気に召して？」と安子さんの方はまぶしげに団扇で夕陽を遮りながら、尋ねた。

「何処って、何処から何処まで。安子さんはそう思わないんですか。こんな静かな、落ちついた風情のある町なんて、何処を探したって見つかりませんよ。」

「そうかしら。こんな死んだ町、わたくし大嫌いだわ。」

「死んだ？」と僕はびっくりして訊いた。

「そうよ、死んでるんですわ、この町。何の活気もない。昔ながらの職業を持った人たちが、昔通りの商売をやって、段々に年を取って死に絶えて行く町。若い人はどんどん飛び出して行きますわ、あとに残ったのはお年寄ばかりよ。」

「安子さんは？」と僕は皮肉でなく訊いたのだが、それは彼女の痛いところを突いた模様だった。

「わたくしたちも死んでいるのよ。小さな町に縛られて、何処へ行く気力もなくなって。」

「あなたのお姉さんは結婚してるから動けないとしても、安子さんは何処へだって行けるわけじゃないですか、」と僕は言った。

「わたくしにそんな元気があるように見えます?」と彼女は答え、暫くしてから言葉を続けた。「あなたみたいに、他からいらした方にはわたくしたちの気持はお分りにならないわ。」

僕等は公園の中を一廻りし、また小舟に乗った。既に陽は落ちて、運河の上には黄ばんだ黄昏の光線がたゆたい、石垣の長い影を浮べていた。小舟がゆるく櫓の音を響かせると、それらの細長い影は澪《みお》の中で細かく打震えた。群をなした小さな羽虫が水の表を掠めて飛び、ひぐらしが舟を見送ってけたたましい声をあげた。

「安ちゃん。」

そう呼ぶ声が向うから来る小舟の中から起った。それは白い浴衣を着た、貴公子然とした若い男で、その馴々しい呼声に、僕はすぐさま、これは安子さんの恋人なのだな、だから彼女はこの町から離れられないのだな、と直観した。しかし僕の予想は瞬時に破られた。

「あらにいさん、」と彼女は答えた。

彼女の合図で、僕等の小舟を漕いでいた男は、船脚《ふなあし》をとめて向うの小舟の縁に軽く接触させた。彼女は向うの小舟の方に身を屈めて、何やら早口の方言の多い言葉で、ひそひそ話を始めた。しかしそれも直に一段落すると、僕の方を振向いて、

「この人わたくしの兄です、」と紹介し、向うにも僕のことを手早く紹介した。

「お世話になっています。まだ御挨拶もしていないで、」と僕はへどもどしながら相手を見たが、この僕より五つ六つ年上らしい青年の方でも意外にびっくりしたらしく、それでも声だけは快活に、

「どうぞ気楽に御滞在になって下さい。私の方へもお遊びにどうぞ。」

と早口に言い捨てると、素早く合図をして、彼を乗せた小舟はもうこちらの船縁を離れていた。夕闇の濃くなって行く水路を、その舟は見る見る遠ざかり、僕は直之さんの白い浴衣が消えてしまうまで眼で追い、安子さんの方は舳に坐って背を向けたまま舟の行手をぼんやり眺めていた。私の方へもどうぞ、という今さっきの言葉が僕の心の中に長い余韻を残していた。僕はあの旧家の大きな建物や庭先で、今迄に一度も直之さんに、そして郁代さんに、会ったことがないのだ。私の方というのは、あの人たちがどこか別の処にでも住んでいるような口振だった。もしも郁代さんが母屋にいるのでなければ、最初の晩に僕の聞いた泣き声は、あれは安子さんの声だったのだろうか。……奇妙な感じに打たれて僕は安子さんの様子を窺ったが、彼女は黙然と暮れて行く水の上に眼を落しているばかりだった。

要するに訊いてみればよかったのだが、快活な安子さんの方でそのことについて口が重そうにしているので、僕としてはどうにも切り出せなかった。ただその日の数日後が、安子さんたちの母親の命日に当り、その法要があると聞いていたので、どっちにしてもまた直之さんに会

えるだろうし、郁代さんの顔もその時には見られるだろうと僕は想像していた。しかしその日の小舟の上で、夕闇の迫る水の上に眼を落していた安子さんの姿は、いつもの快活さと似ても似つかぬもので、その肩を抱きしめてやりたいような、いじらしい影を漂わせていた。

法要は午後から始まった。僕は例の如く離れの二階で勉強していたが、母屋の方から読経の声が絶え間なく長々と聞えて来た。安子さんが、最初から坐っていたのでは、あなたなんかしびれが切れてきっと立てなくなりますわ、と笑って注意してくれていたし、潮時を見て誘いに来るからお線香をあげて下さればいい、と言うので実は心待ちにしていたのだが、昼寝の時刻が過ぎてもいっこうに読経の声は歇《や》まず、待っているだけでもそろそろ痺れが切れて来た。まさか散歩に出掛けるわけにもいかず、退屈して畳の上に引繰り返っていたが、その間には郁代さんの面影があれこれと想像された。とんとんと階段を踏む足音が聞えて、慌てて起き直ったところへ、黒い絽の紋付きを着た安子さんが漸く誘いに来てくれた。僕は大学の制服を着てそのあとに従い母屋の大座敷に案内されたが、あまりにそこにいる人の数が多いのに思わずびっくりした。こんな無人の家族でも、親戚縁者ともなればこんなに居並ぶものだろうか。僕は安子さんからどうぞお線香を、と言われて、坐る間もなく仏壇の前に進み出たが、そこに飾られた古ぼけた写真はごく年の若い昔ふうの丸髷を結った女性を示していて、その臈たけたとでも形容する他はない憂い顔の面差しは、やや安子さんに似ているとはいえ、彼女よりも遥かに美人だった。僕は座に戻って、写真に似通った顔立の女性を探し求めたが、若い年頃のひとは幾人もいたし、それぞれ伏目がちにかしこまっているために、そのどれが郁代さんであるのか見当がつかなかった。そして直に食事が始まり、僕の前にも黒塗りの膳が出ると今までのしめやかな空気が一変した。陽気なざわめきがあちこちで起り、黒紋付きに威儀を正していたおばあさんの姿がまず見えなくなると、若い女性の幾人かがおばあさんに従って一緒に姿を消してしまった。しかし僕はそれに眼をくばっていることも出来ないほど、たちまち左右から盃をすすめられ、あれこれと話し掛けられて、すこぶる手許が忙しくなった。そのうち、親しげなにこにこした顔が僕の前に現れたかと思えば、それが直之さんだった。

「どうです、御勉強はおすすみですか。」と銚子を手に彼は僕の側に坐り込んだ。

「お蔭さまで。何だかすっかりこの町が気に入りました。」と僕はお世辞を言った。

「私等みたいなこの町の人間にとっては、ちっともいいところなんかないんですがね。何かといえばこうやって集って酒を飲む。まあここでは旧弊な、因襲的な空気が圧倒的に強いんですね。もうじき三味線が鳴り出しますが、小唄とか謡いとか俳諧とか、そういう道楽には誰でもひとかどは通じています。そういう町なんですよ、此処は。」

「しかしとても趣きがありますね、水が多くて景色がよくて。」

「掘割ですか。しかし掘割というのは人工的なものでしょう。つまり運河ですね。初めは実用のためだったので、大河が氾濫するからこんな策を講じたんでしょうが、いつの間にか町の人の道楽みたいに縦横に掘りめぐらしてしまいました。だからこれは自然の風景というのとは違うんですよ。謂わば人工的なもの、従ってまた頽廃的なものです。町の人たちも、熱心なのは行事だとか遊芸だとかばかりで、本質的に頽廃しているのです。私が思うにこの町は次第に滅びつつあるんですよ。生気というものがない、あるのは退屈です、倦怠です、無為です。ただ時間を使い果して行くだけです。」

「つまり芸術的なんですね、」と僕は無邪気に訊き返した。直之さんは片手に盃を持って、時々その手を口に運びながら話し続けたが、その話し振も飲み振も実に静かだった。

「さあどうですか。芸術的というのは、芸術上の目的を追っているということでしょう。ところが此処では、そんな目的なんかない、要するに一日一日が耐えがたいほど退屈なので、何かしら憂さ晴らしを求めて、或いは運河に凝り、或いは音曲に凝るというわけです。人間も町も滅びて行くんですね。廃市《はいし》という言葉があるじゃありませんか、つまりそれです。」

三味線の撥音がして、陽気なざわめきがふっと途絶えると、誰かが小唄を歌い始めたが、その主は恰幅のいい商家の旦那ふうの男だった。三味線を弾いているのも女性ではなかった。見渡すといつの間にか女性は一人も姿を見せていなかった。

「いずれ地震があるか火事が起るか、そうすればこんな町は完全に廃市になってしまいますよ。

この町は今でももう死んでいるんです。」

僕はそれを聞いて、いつぞや安子さんが言ったのとあまりに口調が似ているのに驚いた。返す言葉もないので僕は黙って盃を口に含んでいたが、その間に歌い手が交替したのを見ると、どうやらこれは順繰りに芸を見せ合っているものらしかった。誰もが渋い咽喉をしていて、到底素人の隠し芸なんぞという域でないことは僕にも直に分ったから、こんなところにまごまごしていては飛んだことになると思い、さりげなくその場を抜け出した。

もう夜になっていた。僕は酔を醒まそうと庭の方に出た。結局郁代さんというのがどの人だったのか、僕には分らないままに過ぎてしまった。暗い木立の間を抜けて行く間にも、丸髷姿の写真の女が、いつか面影に立ち返った。僕は大河を見下す縁まで行き、水に映る月影と対岸の家々の灯影とを眺めた。蚊がぶんぶんいっていたから、団扇を忘れて来たのが残念だった。僕は河縁《かわべり》に沿って歩いて行き、舟小舎の方で帰りの舟を出す人の声と、遠くの母屋の方から聞えて来る三味線の撥音と、そして水のひたひたと寄せる囁きとを耳にしていた。そこにふと話し声が僕の耳に滑り入った。

「私にはどうにもならないんだよ。」

「どうして？　あんまりだとお思いにならないの？」

「けれどどうにもならないということもあるものだよ。意志だけでは動かしがたいような、つまりもう初めからそうきまりきっているような、そういうものもあるんだよ。」

「意志ですって？　初めからきまりきっていれば、意志なんて言えないでしょう。わたしには耐えられないわ。」

「しかたがないじゃないか、安ちゃん。」

僕は足をすくませていたが、話し合っている二人が、直之さんと安子さんであることは直ちに推察された。何の話なのだろう、と好奇心というのではないが、話が耳に入るのを塞ぐわけにもいかず、僕は蚊にくわれながらじっと立っていた。

「もしもお姉さんが……。」

そのあとは聞えなかった。舷《ふなばた》が烈しく水を打つ音が聞え、舟小舎から小舟が一艘、大河の上へと滑った。その上に直之さんらしい姿が見られたが、安子さんはこちらの小舎の蔭に立っているらしくて僕のところからは見えなかった。ゆるやかに櫓が軋み、小舟は水の上でゆらゆらと揺れた。月の影がちりぢりに動いた。そしてひっそりと水音のみ響く大河の上を、その小舟は僕にとっての不可解な謎を乗せて、次第に遠く遠ざかって行った。

法要の行われた日から暫く経ってのことだったと思うが、僕は安子さんのお伴をして、彼女の母親のお墓参りに出掛けたことがある。たまたま僕が朝食を済ませて、日課の勉強にかかる前のひと時を、腹ごなしに庭に出てぶらぶらしていたところ、舟小舎の方向から安子さんの声が聞えて来た。それは法要の晩に、僕が彼女と直之さんとの間に謎のような問答を聞いたのと同じ方向だったから、つい機械的に足をそちらへ向けた。見れば、いつも僕等の供をして夕涼みに舟を出してくれる無口な下男が、今しも小舟を出すところで、乗っているのは安子さん一人だった。

「お出掛け?」と僕は訊いてみた。

「ええ、母のお墓参りにお寺へ行くところなんですの、」と彼女は舟の上から答えた。

「お寺って、やっぱり舟で行くんですか?」

「ずっとこの河上です。」

「僕も行ってみたいなあ。」

「宜しければどうぞ。でも御勉強がおありでしょう。」

「なに構やしません。」

僕は渡りに舟という言葉通りに、身軽に安子さんの側に乗り移った。この町に対する僕の並並ならぬ好奇心が、こういう機会を逃さず河上にあるという貝原家の菩提寺を見物したいと思わせたのか、それとも安子さんと行動を共に出来る機会なら、どんな時でも逃さない気持がいつしか僕の裡に生れて来ていたのか、僕にははっきり言うことが出来ない。夕涼みの時にはいそいそと僕を誘ってくれる安子さんの口振が、この時はひどく重かったのにも僕は気がつかなかった。

「今日は暑くなりますわ、」と彼女は言ったが、それも、忙しい勉強をやめてまで行くほどのことはないと、彼女が暗に僕の気の変るのを予期しての言葉かもしれなかった。しかし僕は、暑いのなんか平気です、と気にもとめなかった。

雲一つなく晴れ渡った空の下を、僕等を乗せた小舟は、夕涼みの時とは見違えるような早いピッチで、大河を河上の方へ溯った。安子さんは白い日傘を翳《かざ》して舳に坐り、僕の方から顔をそむけるように水の上を眺めていた。両岸の木立の中から湧き上る蟬の声が、舟の進むにつれて僕等を見送るように歌い継いだ。

「この前の法要の時もやっぱりお墓参りに行ったんでしょう?」と僕は尋ねてみた。

「ええ勿論。」

「その時は皆さんも御一緒だったんですか?」

「皆さんて?」と不思議そうに訊き返され、

「直之さんも、」と少しどぎまぎして思いつくままに名前をあげた。

「兄さんは忙しくて。」

「それじゃお姉さんは?」

「あの日はお命日でしたから親戚の者が幾人か参りました。」

それは答にならなかった。思い返してみると、僕が彼女の姉の郁代さんのことを口に出すたびに、何と上手に彼女ははぐらかしてしまったことだろう。どうしてなのか。その僕の心の動きを素早く看て取ったとでもいうように、彼女は持ち前の快活な微笑を見せて僕の注意を惹いた。

「わたくしは変な癖があって、しょっちゅう母のお墓参りに行きますのよ。他の人が行かないから、それでわたくしが代りに行くみたい。」

「お母さんが好きだったんですね?」

「さあどうかしら。母はまだわたくしの小さな時分に亡くなったんですから、よく覚えていませんわ。でも母はいつでも身近に感じられるんです。わたくしにとって、生きている人と死んでいる人との区別がつかないせいかしら。」

それは奇妙な言いかただった。しかし僕は彼女がさっきちらっと見せた微笑に魅せられて、自分が何を訊こうとしていたのか忘れてしまった。

舟は下男の熟練した櫓さばきで大河をどんどん溯った。やがて郊外に出たが太陽は次第に高く昇り日射は暑くなった。漸く舟を泊めて陸へ上ると、今までの河風がなくなり、じりじり射す烈しい直射光に道は白く乾いていた。しかし大した道のりでもなくすぐに寺に達した。古びた大きな寺で、山門からすぐに石段になり、小高い丘の上に本堂が控えていた。境内は蝉時雨ばかりで人一人いなかった。安子さんは方丈に声を掛け、僕等の供をして来た下男がそこで箒や水桶を借り受けて、僕等は方丈の横を抜けて裏手の墓地へ進んだ。貝原家の墓所は一区画を限って墓地の一隅にあった。立派な石塔や石碑が幾つも並び、その中では安子さんの母親のお墓は比較的小さな方だった。下男が掃除をする必要もないほど綺麗に掃ききよめられていて、炎天に曝されたお供えの菊の花が萎れかかっていた。安子さんは長い間その前に額づき、僕もそのあとからお線香を上げた。細い煙が風のない空に真直に立ち昇った。

その間に、下男は掃除道具を持って先に方丈の方へ帰ってしまったから、このひっそりした墓地の中にいるのは僕と安子さんばかりになった。僕は貝原家の墓を一つずつ見てまわった。年代の古い苔蒸した墓も少くなかった。夏の暑い日射の下で、先祖の亡霊たちが一家の最後の後裔である若い娘をひっそりと見守っているような気がした。

「この町では、チフスとか赤痢とかの流行病で死んだ人が少くないんです、」と安子さんが話した。「昔は衛生設備なんかが行き届いていなかったでしょうから、悪い病気がはやるとひとたまりもなかったんでしょうね。こんな水の多い町ですもの、どうしても不潔になって、町の人があらかた死ぬようなことが何度もあったらしいんですの。母だってそれで亡くなったんです。母が生きていれば、わたくし達だってこんなに苦労はしなかったんでしょうけど。」

僕が飛びついたのは、そのわたくし達という言葉だった。

「それはあなたとお姉さんということですか？」

「ええ、お姉さんもねえ。」

「一体お姉さんというのはどういう人なんです？　僕はまだ一度もお会いしていないんですよ。何だか変な気がする。まるで……。」

「まるで死んでるみたいだ、とおっしゃりたいんでしょう？」と安子さんは悪戯っぽく微笑した。

「いや、とにかく不思議なんですよ。」と僕はどぎまぎした。

「姉は生きてますわ、大丈夫。ただ人に会いたがらないんです。」

僕等は方丈へ戻り、庭に面した広い座敷で大黒《だいこく》さんからお茶をすすめられた。日射の強い戸外から急に室内にはいったので、そこは如何にも薄暗くて陰気だったが、ひんやりした畳の上は風が通って気持がよかった。このお寺と貝原家とは遠い縁つづきになっているらしく、大黒さんは安子さんと親しげに話を交していた。主人はいまお勤めに参っておりますので、と言われたから、住職は留守らしかった。そのうちに、二人は僕に断って座敷を出て行った。

僕はひとり取り残され、暫くかしこまって待っていたが、そのうちにすっかり退屈した。こんなことなら、お伴なぞせずに大人しく勉強している方がよかったと考えた。安子さんは姿を消したなりいっこう戻って来なかった。広い寺の建物の中は森閑として話し声一つ聞えず、僕ひとりが置きざりにされたようだった。そこで僕は無聊のあまり立ち上り、廊下に出て見た。暗くてぎしぎし鳴る廊下を通って行くと、渡り廊下になって本堂に通じていた。そこもしんとして誰もいなかった。僕は本堂の中を見物してまた元へ戻ったが、渡り廊下が裏手の方へも通じているようなので、ついそちらへ足を向けた。そして僕はかすかな話し声を耳にした。

「そんなにわたしを困らせなくてもいいじゃありませんか。」

「そういうつもりじゃないのよ。」

「Aさんだって変にお思いになるわ。」

Aさんというのは僕のことだった。そしてその声の主は、間違いもなく安子さんだったから、急に僕の胸はどきどきし始めた。僕は竦んだように廊下の片隅に立っていた。悪いところへ来てしまった。僕はそろそろと退却しかけたが、その時廊下が音を立てて軋んだ。廊下の向うの離れの入口が明き、安子さんが顔を覗かせた。

「Aさん、まあ。」

「僕ねえ、退屈だもんだから本堂を拝見に行ったんです。そしたらこっちの方へも廊下が通じてるもんだから……。」

その時の僕の慌てようといったらなかっただろう。何しろ僕は紳士を以て自ら任じていたのだから。

「そんなに恐縮なさらなくてもいいわ、」と安子さんが笑い声で言った。「こうなったらしかたがないわ、こちらへいらっしゃって。」

僕は安子さんに招かれて、離れの中へはいった。その座敷の中に一人の若い女性がつつましく坐っているのを見た。

「お姉さん、あきらめなさい。Aさんがいらっしゃったから、そんなに隠れんぼばかりは出来ないわよ。」

「わたくしが郁代です。」

さてそれが、僕がこの人を、直之さんの妻であり安子さんの姉であるこの郁代さんを見た、全くの初めだった。安子さんとそっくりに似ていながら、もっと憂い顔でそのために如何にもお姉さんらしく見えたが、実際にはそんなに年が違ってはいなかっただろう。安子さんよりも細面《ほそおもて》で、どんな人をも思わず振向かせるような美しさ、それも悲劇的な感じのする古風な美しさがあった。お辞儀一つでも安子さんよりももっと静かでしとやかだった。といっても、安子さんが女らしくないというのではない。ただこうして二人並べると、同じ姉妹といいながら、似ていないところが目立った。

「済みません。僕なにも押し掛けるつもりじゃなかったんですが、」と僕は弁解した。

「いいんですの、お姉さんだって怒ってはいませんわ。ねえ?」

郁代さんは少し笑った。

「わたくし安ちゃんと違ってはにかみ屋なんですの。」

「まるでわたしがあばずれみたいねえ。」

「安ちゃん、そんなこと言わないで。少しわけがあるものですから、Aさんには本当に失礼しました。わたくしがお世話しなければいけないのに、安ちゃんにばかり頼んでしまって。」

僕は返事に困って首ばかり振っていた。

「でもこの人の方がわたくしより何でも上手だし、きっとよくやってくれますでしょう。主人にはお会いになりましたわね?」

「ええこの間……。」

「近頃、兄さんは、何だかとても忙しそうよ。それにお祭ももう近いしするから、」と安子さんが不意に口を入れ、それが僕にはちょっと不自然に聞えたが、郁代さんは頷いただけだった。

僕はなぜこの人がお寺にいるのかと考えていた。ただ単に遊びに来ているというのではなく、ずっとお寺に引籠っているというのは穏かでない。しかし僕には勿論、それを敢て訊くだけの無躾さはなかった。安子さんが出掛けに何となく渋っているように見えたのも、彼女の目的がお墓参りにあったのではなく、姉と会うことの方にあったのだとすれば当然だった。つまり僕は彼女の邪魔をして、家族が秘密にしていることを発《あば》いてしまったのだ。僕は自分が此処にいることを恥入らずにはいられなかった。

やがて昼食の時間になり、僕は姉妹と共に方丈の方へ戻って一緒に食事をした。つまり安子さんが姉さんのために御馳走を運んで来たことが、それでも証明された。食事の間はみな黙り込んでいた。昼まに町へ帰るには暑すぎるからというので、夕刻まで時間を潰すことになった。その午後の間を、僕はひとり座敷で本を読んだり昼寝をしたりして過したが、安子さんは離れで姉さんと話をしていたらしかった。住職とは遂に会わずじまいで、大黒さんが僕等を河筋まで見送りに来てくれた。

帰りの舟の中で、安子さんは今迄よりも一層うちとけて見えた。秘密が秘密でなくなったために、彼女としても僕に気を許せるようになったのだろう。

「御免なさいね。今まで本当のことをお教えしないで。」

「そんなことはありません。けれどどうしてお姉さんは引籠っちまったんです？　直之さんと喧嘩でもしたんですか？」

「喧嘩というわけでもないんですけど、」と安子さんは言葉を濁した。

「そういえばさっき、あなたが兄さんのことを言いそうになったので、わたしはらはらしましたわ。」

「いつです？」

「ほら、兄さんに会ったかって姉が訊いたでしょう？　兄さんがうちにいないってこと、姉は知らないんです。」

「僕にはよく分らないけど。」

「兄さんはね、姉がお寺の方へ移ってからよそへ家を持っているんですの。姉はそのことを知らないし、わたしも言わないでいるんです。聞いたらきっと心配しますからね。」

「それじゃ直之さんは誰か他のひとと……。」

そして僕は言い澱んだが、安子さんはすぐにそれを察した。

「そうなんです。秀という女と一緒にいます。もうじきお祭ですからあなたもきっとその女にお会いになるわ。」

僕等を乗せた小舟が滑るように夕暮の大河を漕ぎ進んで行く間に、僕の考えていたのは不幸な夫婦のことだった。由緒ある旧家の若主人は別の女と暮している、美しい妻は寺の中に引籠ってしまう、そして妹ひとりが間に立って心を砕きながら、祖母の世話をして旧家を守っている。それは如何にもありふれた家庭悲劇のように見えたから、僕は後になるまで、この別居生活の隠された意味が何であるかを、そしてそれが真の悲劇にまで発展する可能性を持っていたことを、少しも暁《さと》ることが出来なかったのだ。その上、僕がその日初めて見た郁代さんの美しさが尚も面影に浮ぶようで、直之さんに対する不満が（何といっても僕は、その頃、正義感に充ちた大学生だったから）夕靄のように立ちこめて来るのを、とどめることが出来なかった。

やがて水神様のお祭が来た。それは三日間ほど続いたが、町の中は日と共に活気づき、華かな色彩と音響とが掘割という掘割に溢れた。ここではお神輿の代りに、造花や杉の葉を飾り、沢山の提燈をぶら下げた大きな屋形船が、掘割を漕ぎめぐった。その船は艫《とも》の幕を張ったところを化粧部屋にし、御簾を欄干の三方に垂らして船舞台がしつらえられていた。笛や太鼓や三味線の囃子が陽気に水の上に木霊《こだま》した。

僕は安子さんと小舟に乗って見物した。町ごとに町内の有志が出て、舞台の上でそれぞれの芸を競い合った。さしもの大河も、見物の小舟で隙間もなく充され、華かな呼び声が囃子にまじって流れた。見物の小舟の間を、物売りの舟が巧みに漕ぎ抜け、幕合になると小舟の中では酒を汲み交し芝居の技巧を論じ合った。各々の舟の提燈が水に映り、空では花火が色鮮かな模様を夜空に繰りひろげた。

「これは随分と大したものですね、」と僕はお世辞抜きで安子さんに言った。「こんな素晴らしいお祭は僕は見たことがない。」

「町の人にとっては水神様のお祭は一年中で一番愉しい行事なんですわ。この船舞台に出るというのは、謂はば町の人にとっての最高の名誉なんですの。いくらお金を積んでも、それだけの腕があると認められなければ出させてくれません。その代り舞台に出るとなると、衣裳代からお囃子への付け届けから、大層お金がかかるそうですの。町の人はみんな芸事が好きですけど、この船舞台に出る人はつまり極《きわ》め付《つ》きということになるんでしょう。」

「見物の方も随分と熱心ですね。」

「誰だって自分が出たらと思っている位ですもの、少しでも下手だったら容赦はありませんわ。」

幕が上ると、それまでのざわめきも途絶え、見物の眼は舞台の上に集注した。掛声もかかれば弥次も飛んだ。たしか中《なか》の日の晩だったと思うが、この晩の見せ場は『弁慶上使』で、役者が揃っていたせいもあり見物は波を打ったように静かだった。僕は歌舞伎のことはさっぱり分らないから、最初のうちはしのぶという娘役の美しさにばかり眼をみはっていた。しかし次第に舞台に惹きつけられて、弁慶の熱演に固唾を呑んだが、そのうちに安子さんが僕の方を振向いて、

「いかが?」と訊いた。

「うまいもんですね。まるで本当の歌舞伎役者みたいじゃありませんか。」

「あの弁慶は親戚の者ですけど、それは評判の道楽者なの、」と言って安子さんはにっこり笑

った。「それから針妙《しんみょう》のおわさになっているのは、お分りになりません、兄さんよ。」

そこで僕はあっとばかりに驚いたが、これは全く隠し芸といった程度のものではなかった。僕は少しもそれと知らずに、劇の進行に夢中になっていたのだから。

「それから娘のしのぶの役、あれが秀です。」

安子さんのその言いかたは冷たくてやや軽んじるようなところがあったが、しかし舞台の上でこの女だけが生地の美しさを見せていた。幕の終るまで、僕が一番熱心に眼を注いでいたのは、このしのぶだった。

最後の晩は、これで祭ともお別れだという名残惜しさもあって、人々は船舞台を見るよりもめいめいに酒を汲み交す方に忙しかった。その騒がしさの中を、河いっぱいに小舟の並んだ間を縫って、直之さんを乗せた小舟がいつの間にか舷《ふなばた》を並べるように摩り寄って来た。

「如何ですか、お祭は？」と親しげな微笑を見せて僕に話し掛けた。

「昨晩お手並を拝見しましたよ。すっかり感心しました。」

「どうです、私の方にいらっしゃって一杯やりませんか？　安ちゃんもどう？」

「わたくしはお酒が飲めないから。Ａさんどうぞ兄さんのお相手をしてやって下さい。」

その愛想のないような言いかたは、ひょっとしたらこの秀という女が同席していたせいではないかと、直之さんの小舟に乗り移ってから僕は考えた。その女は黙って僕に会釈し、直之さんも格別紹介しようとはしなかったが、『弁慶上使』のしのぶであることに間違いはなかった。僕等はさっそく酒を汲み交したが、そのうちに直之さんは、河風が涼しいから、うちへ行って飲み直しましょう、と僕を誘った。そして舟は横へ逸れて暗い掘割の中へ滑り込むと、僕の知らない水路を通ってやがて彼の隠れ家へと導いた。

河を見下す二階の窓の近くに座を占めて、僕等は暫く歌舞伎の話などをした。といっても僕の方は全くの素人だから、いっこう話相手にはならなかった。秀というのは無口な女で、僅かに唇に微笑を含んで酌をしていた。側で見れば見るほど垢抜けのした美人だったが、貝原家の姉妹のような気品のある、取り澄ました美しさではなくて、かぼそい、しおらしい、もっとなよなよとした美しさだった。しかし僕の心の中には（若い正義感のために）どうしてもこの女を好きになろうとしない何かが潜んでいた。彼女が階下へ立った時に、恐らく僕も多少酒に酔っていたのだろうが、直之さんにこう切り出した。

「僕この前奥さんにお会いしましたよ。」

「おやそうでしたか。」

「安子さんのお伴をしてお寺へ行ったものですから、その時に。」

「あれは元気でしたか？」

「僕にはよく分りませんでした。」

そこで僕は言いあぐんだ。もっと強い言葉で直之さんを取っちめてやろうと思っていたのだが、当人を眼の前に置いては、如何にも他人の私事に干渉するようでうまい言葉も湧いて来なかった。直之さんは少し困ったような人のいい表情を浮べて盃を手にしていた。そこへ秀が銚子のお代りを持って現れたから、僕はもう話題を変えてもいいつもりでいた。しかし直之さんの方は、秀が来たのを気にも留めずにその話を続けた。

「Aさん、あなたの言いたいことは私にも分ります。あなたはお若いから、きっと僕のことを飛んでもない悪い奴だとお考えなんでしょうね。それからこの秀もね。」

「いやそういうつもりじゃありません、」と僕はたじろいだ。「ただ奥さんが気の毒だと思って。」

「気の毒ですか。そうね、そう見えますかね。」

遠くから三味線の囃子や喊声が、水の上を伝って聞えて来た。直之さんは持前の静かな声で言葉を続けた。

「郁代はとてもいい女です。あれは私が養子だからといって威張ることもないし、私が外で遊んだからといって嫉妬することもありません。あれは本当に善良で真面目なんです。私は、こういうとあなたに対して如何にも弁解じみて聞えるかもしれませんが、私はあれが好きです。今でも愛しているんです。恋女房という言葉がありますが、私たちは全くそれだったのです。今でも私は、郁代を誰よりも愛しています。」

僕は困って少しもじもじした。何しろ僕等の側には秀がついていたのだから。直之さんはその僕の気持を見抜いたようだった。

「そのことは秀だって知っています。ねえ秀?」

「わたしにはそれでもいいんです。暫くでもこうしてお側にいられればそれでいいんです、」

と女は答えた。それは少しも芝居気を感じさせない、ひたむきな、暖かみのある声だった。

「こういうことを秀に訊くというのが、そもそも残酷だとあなたはお考えになるでしょう。しかしまあもう少し聞いて下さい。私は郁代を愛している、ところがあれはそうは思わないのです。そこに間違いのもとがあるのです。それは郁代が他の男を好きだというんじゃないんですよ、郁代も私が好きだし、私もあれが好きだ。それなのにあれは、私の愛しているのは他の女で自分じゃないと固く信じてしまったのです。そして私がどんなに説明してもそれを聞き入れようとせずに、自分から寺の方に逃げて行ってしまいました。つまり私の自由を束縛したくないと言うんですね。あれは気位の高い女です。貝原家の人たちは誰も気位が高い。そのプライドが、ありもしない幻影を呼んで自分で自分を傷つけるんですよ。」

「しかしあなたはこの人と一緒にお暮しなんでしょう?」と僕は反問した。

「それは郁代が家を出たための結果なんですよ。それは勿論、私は前から秀を知ってはいましたがね。郁代がいなくなってから、私はもうどうにもやり切れなくなったんです。それでここに転り込んでしまいました。」

「それじゃ、奥さんが家を出た方が先なんですね?」と僕は尋ねた。

「そうです。あれは私があれを誰よりも愛していることを、どうしても信じなかった。だからその時の私の気持も察して下さい。私はもうすっかり疲れ切っていました。会社の方もうまく行かない、家庭のこともうまく行かない。私は安心してゆっくり休めるところが欲しかったんですよ。秀は、秀の前で言うのも何ですけど、家庭的な、母親のような、やさしい女です。私はAさんよりそんなに年上というわけじゃないから、年寄じみた言いかたをするとあなたに嗤われるかもしれないけど、私はもうすっかり疲れているのです。私は秀と一緒にいれば子供のように甘えて、安心して心を休めることが出来ます。この女は決して気位が高くもなければ、ありもしない幻影を描いたりはしません。今日一日が幸福ならそれで満足なのです。私たちは芝居の稽古を仲よくやりました。こうしていつまでも暮せるものでないことは二人とも知っています。しかしそれでどうして悪いんです?」

「いつかあなたのおっしゃった、時間を使い果して行く、ですか?」

「そうですね、滅びつつあるんですね。」

直之さんは側に坐った秀の片手を自分の膝の上に取って、その小さな掌を愛撫していた。遠くから響いていた三味線の囃子もいつしか聞えなくなった。時折窓の外を小舟の漕ぎ渡る櫓の音のみがひっそりと水音を立てた。

「おかしな話ですね、普通とはまるで逆なんだから、」と独り言のように直之さんが言った。「私は秀と一緒にいる時に、まるで家庭の中にいるような、安らかな、落ついた気持でいられるんです。それで心の中では、恋人のように郁代のことを考えているんですからね。」

「しかし奥さんは、あなたがこの人を愛していると思っているわけでしょう?」

「この人?」と直之さんは驚いたような声で、手の中の秀の小さな掌を離した。「いやそうじゃありません。秀じゃありません。あなたはそれを御存じない……?」

そして思わず眼を見開いた僕の顔を、直之さんは悔恨に充ちた眼指《まなざし》でじっと見詰めていた。

過去の記憶というものは、そこに中心をなす事件があれば、後からその事件に与えた解釈に従って都合よく整頓されてしまうものだ。従って必ずしもその当時の、事実の得られた順序を追って、現実の持つもどかしげな、不確かな、不鮮明な印象のままに、今も形づくられているとは限らない。その夏に僕の経験したことどもは、その終り頃に起った事件があまりにも強烈に僕の頭脳に焼きついてしまっているために、ともすれば僕は最初から悲劇を予想していた、僕はその事件の進行に立ち会っていた、とつい思いがちなのだが、それは記憶がすっかり整頓され、僕がすべてを知る者の眼から過去を振返っているからであろう。水神様のお祭は七月の下旬のことだったし、事件が起ったのは、そろそろ僕がこの町を引上げる日も間近に迫った、八月の末の頃のことだった。夕方の風が秋めいた涼気を送り、無数の赤とんぼが掘割に影を映した鱗雲を背景に乱舞し始めていた。しかもこの一月近くの間、僕は何も知らず何も気がつかずに、離れの二階で卒業論文と取組んで汗を掻いていたのだ。海の彼方の詩人が、どのような人生を送りどのような作品を書いていようと、また僕が如何に独創的に（と信じていた）この詩人を研究していようと、それは僕自身の人生とは関りがなかったし、僕の傍で徐々に形成されつつあった悲劇とも関りがなかった。今の僕から見れば、詰らない論文に熱中していた僕は、何と人生の本質から遠く離れたところにいたことだろう。そして僕は返らぬ後悔のようなものを感じないわけにはいかない。

思えば祭の夜に、僕が直之さんの顔に認めたものは、悔恨に充ちた暗い眼指だった。しかしそれがなぜなのか、僕は知ることが出来なかった。貝原家の菩提寺で、その妻である郁代さんに初めて会った時にも、彼女の物さびしい表情に浮んでいたものは、今となって考えれば、やはり取返しのつかないものに対する一種の悔恨ではなかったろうか。安子さんも、――彼女の快活な笑い声とはきはきした口振りとを通して、やはり彼女は常に何かをためらい、悶え、苦しんでいたのではないだろうか。この一夏の印象が、僕にとって一種の頽廃に似た悔恨の色に染められているのは、ただに腐った水の匂いや、人けない掘割に浮ぶ根のない睡蓮のせいばかりではない。

しかしそうした印象はすべて後になって得られたものだ。僕は盛夏の一月を、せっせと机に向い、夕方の街を散歩したり、舟を出して涼んだりした。安子さんの口が少しずつ重くなって行き、僕を避けるような素振がほの見えるのに、僕はいつしか気がついていたが、それは僕の勉強が忙しいのでわざと邪魔をしないようにしているのだと、僕は解釈した。勿論それは僕にとって物足りない気持を起こさせはした。彼女は魅力のある未婚の女性で、そういう人と同じ家の中に住んでいることに、胸をときめかさない若い男があろうか。ただ青春というものは、常に傲慢な意志を伴うものだ。僕は卒業論文を書くという掟を自分に課していたから、それ以外のものには眼もくれない決心だった。僕の中のロマンチックな性情が、この町や、この貝原家の人たちに惹かれていたからといって、この掟を破ることは出来なかった。

夏の一月は極めて迅速に過ぎた。その間、僕は毎日安子さんと顔を合せて世間話などをしていたが、彼女は家庭の中の事情を話題に登せることがなかった。直之さんがこの家を訪ねて来ることもなく、ただ彼の会社がいよいよ傾いて来ているらしいと、安子さんが聞かせてくれる位のものだった。郁代さんも決してお寺を出て実家に現れることはなかったし、僕もまた、安子さんのお伴をして、再び大河を溯る機会を持たなかった。

例によって僕が離れの二階で机に向っていた午前中のことだった。朝食の終ったすぐあとで、僕が出来上ったノオトブックをめくって仕事の段取などを考えていたところに、母屋の方から鋭い女の叫び声が聞えて来た。僕はびっくりして、すぐさまノオトブックを投げ出し、急いで階段を下りた。僕が階段を下りるのと、安子さんが廊下を駆けて来るのとが殆ど同時だった。

「どうしました？　何か声がしたようだけど。」

安子さんは蒼ざめた顔をして、唇をわななかせながら、しきりに手真似で僕をもとの部屋に戻るよう押し返した。それが何かひどく重大なことで、廊下で立話などをする性質のものでないことが、僕にもすぐ理解された。僕は階段を再び部屋へと戻ったが、安子さんは僕の身体にしがみつくようにして二階まで来ると、僕の手に縋りついたなり、わっと泣き出した。

「兄さんが、兄さんが。」

僕が嗚咽の中から聞きとめたのは僅かにそれだけだった。彼女は僕の手を固く握りしめたまま、崩れるように畳の上に坐り込んだ。

「一体どうしたんです？　安子さんらしくもないな、そんなに泣いたりして。」

彼女は顔を起こして無理に笑おうとした。その眼は涙できらきら光っていたが、その口は幼い子供の泣き笑いのように歪んでいた。しかし僕はそれをひどく美しく感じた。

「Aさん、驚かないでね、」と彼女は冷静を取り戻したように念を押し、一息にその驚くべきしらせを吐き出した。「兄さんが死んだの、いま使いが来て。」

「直之さんが？　どうしてそんなに急に？　間違いじゃないんですか？」

彼女はゆっくりと首を横に振り、また涙声になって顔を伏せた。

「間違いならいいんだけど。兄さんは自殺したんです。それも秀と一緒に。」

僕は茫然となって、打伏した安子さんの背中を無意識に撫でていた。直之さんが秀と一緒に自殺した。なぜだろう、どうしてそんな早まったことをしたのだろう。部屋の中には明るい午前の光が溢れ、俯向きになって泣いている安子さんが何だか夢の中のように感じられた。ああ僕は夢でこんな光景を見たことはなかっただろうか。安子さんを慰めている自分の姿を、一種の願望のように、不可能な現実のように、心の中に隠し持っていたのではないだろうか。僕は彼女の浴衣の模様がわななくのを見、その背中に置かれた自分の手が汗ばんだ皮膚を浴衣の下に感じているのを知りながら、直之さんの死という現実よりも、離れの二階でこうして二人きり倚り添っている安子さんのことを、不意に慕わしく感じ始めていた。

安子さんは急に身体を起すと、

「さあ行かなくちゃ、」と言った。「Aさんも一緒に来て下さい。わたし怖くて。」

しかしそれは怖いという表情ではなかった。僕が茫然として、この事実をいまだに現実として認識できなかったように、彼女もまた、必死になってこの報せが間違いかもしれないという僅かばかりの希望にしがみついていたのだ。彼女の眼に浮んだ涙はもう乾いていた。今はその眼に新しい光が射していた。

「わたし取り乱して、」と彼女は唇に自分を嘲る笑いのようなものを浮べながら、僕をせき立てた。彼女はみなりを整え、先になって階段を下りた。

僕は安子さんと共に、小舟に乗って水路を辿って行った。いつも伴をする下男が、しきりに櫓を急がせたが、いつぞやの祭の晩の船脚に較べれば、直之さんの住んでいる家は随分と遠く感じられた。安子さんは舳に坐ったなり、蒼褪めた顔に唇をぎゅっと嚙みしめて、水の上に眼を落したきりだった。

「お姉さんにはしらせたんですか?」と僕は訊いたが、彼女は首を振って否定した。彼女自身がまだそれを信じようとしていないのに、郁代さんにしらせる筈もなかった。しかし、と僕は考えたのだ、僕でさえも直之さんに暗い頽廃の影を感じていた位だから、安子さんが悲劇の前兆を予感していなかった筈はなかっただろうと。

小舟はやがて狭い掘割にはいって苔の蒸した石垣に着き、僕等はそこから石の段々を踏んで庭へ上った。この前に来た時は夜だったから、この瀟洒とした二階家を昼の光の中に見るのはこれが初めてだった。二階の雨戸は鎖されたままで、僅かに一枚だけが繰られていた。

「安ちゃん、とんだことになったなあ。」

玄関をはいると年輩の男が出会い頭に挨拶したが、よく見るとそれは船舞台の時に弁慶を演じた、貝原家の親戚の人だった。僕等は急な階段を二階に昇った。

一枚だけ明いている雨戸の部分から、午前の明るい光線が生ま生ましく射し込んでいた。しかし部屋の中は薄暗く、線香の匂いがぷんと鼻をついた。蒲団が二組並べて敷いてあり、その艶めかしい図柄が不意に死を身近く感じさせた。

「さっき医者が来たが、手遅れでどうにもならんと言っておった。ゆうべ寝しなに睡眠薬を飲んだのだ。馬鹿なことをしたもんじゃ。」

弁慶さんは苦々しげにそう言ったが、しかしその語尾は震えていた。安子さんは義兄の蒲団の側に坐ったなり、身動きもしなかった。

「覚悟してやったことで、なあ安ちゃん、今更どうにもならん。」

枕許の小机の上から、弁慶さんは一通の封書を取り上げて安子さんに手渡した。表には「安子殿」と書かれていた。しかし彼女はそれを受け取っても、うつけたように膝の上に置いたなり中を開いてみようともしなかった。

「三通あってな、一つは親戚一同へ宛てたもので私が封を切った。後始末を宜しく頼むと書いてあった。もう一つは郁代宛てだが、さて郁代に何と言ったものやら。とんだ困ったことになってしまったわ。」

しかし安子さんは黙然と俯向いたきりだった。僕は彼女の細い指が、遺書を持ったまま、膝の上でかすかに痙攣しているのを見ていた。彼女は何を考えていたのだろう。死んだ人たちのことか、姉のことか、それとも自分のことか。沈黙が耐えがたくなったので、僕はそっと階下へ下りた。暫くすると弁慶さんも僕のあとを追って来た。

「あなたもとんだところへ巻き込まれて災難でしたなあ。当分は御勉強も出来ませんな。」

「そんなことはどうでもいいんです、」と僕は答えた。

「これで後始末をどうしたもんやら。あなたにも色々と御迷惑を掛けるかもしれません。安子はしっかり者だと思っていたが、何だかぼうっとしてしまったようだ。もっとも誰しも、これを聞かされたら驚きますがね。」

「直之さんは何でまた死ぬ気になったんでしょうね?」と僕は訊いた。

「道楽が昂じれば死ぬ他にはすることもなくなりますよ。」

「しかしそんな年でもない筈なのに。」

「道行《みちゆき》と洒落たんでしょうな。私だって若い頃には、死のうとしたことが二度や三度はありましたからね。」

しかし弁慶さんの冗談めかしたその言いかたは、奥歯に物の挟まったようで、僕を納得させるだけのものを欠いていた。直之さんがなぜ死んだのか、それは秀という女と道行と洒落ただけのものである筈がない。そして僕は、祭の夜に彼が洩らした秘密を思い出した。彼は誰かを、秀の他の或る女を、愛していた。少くとも愛していると郁代さんは信じていた。そしてその或る女が誰であるかを、僕はうすうすと勘づいていたのだ。

その一日は多忙だった。いくら内輪に、内密に、とは言っても、聞き伝えて来た親戚や会社関係の人たちが狭い家の中にひしめき合った。直之さんの実家の人たちも駆けつけた。そして会議の末、直之さんの遺体は貝原家に運んで通夜ということになった。せめて通夜ぐらいは、愛し合った二人を並べてこの家でしたらよかりそうなものだと僕は考えたが、しかし僕から口を切ることは出来なかったし、他に誰一人それを言い出す者はなかった。秀は両親もなく、腰の低い叔父さんという人や、もとの朋輩たちが悔みに来ているばかりだった。直之さんの遺体は、夕刻、こっそりと貝原家へ運ばれた。

通夜になっても、いつぞやの法事の時に見かけたような賑かさはまるでなかった。広い座敷の周囲に人々は黙然と坐っていた。おばあさんは安子さんに付き添われて席に出ていたが、気丈な人と見えて愚痴一つこぼさなかった。しかしもともと寝たり起きたりの病身だったので、この事件はひどい打撃だったのだろうと思う。座蒲団の上に坐ったその身体は小さくかがまって、一握りほどに見えた。僕等はひっそりと座敷の隅に散ったまま、お寺から和尚さんと郁代さんとが来るのを待っていた。午後早くにしらせが行った筈なのに、この二人がいっこう現れないのが、何か苛立たしい不安を僕に覚えさせた。

しかしやがて和尚さんが小坊主を従えてはいって来た。その後ろから郁代さんが現れた時に、僕は彼女の悲劇的な美しさを改めて感じた。彼女は僕がこの前見た時よりも百倍も美しかった。まるでこうした通夜の席にこそふさわしいような、翳のある憂い顔だった。それでいて、どんな意志の力がそう命じたのか、決して涙ぐんでもいなければ弱々しげでもなかった。彼女は真直に棺の前に行って坐った。彼女の横顔にあるものは諦めではなかった。寧ろもっと強い怒りに似た表情だった。

読経が始まり、それは長く続いた。この前この同じ法事の席で、僕は直之さんと、この町は次第に滅びつつあるというような話を交したものだ。人間も町も滅びて行くんですね、と彼は言った。その時直之さんは、自分自身が一月あまりのうちに自らも滅びることを予期していたのだろうか。僕は彼がゆっくりと盃を口にふくむ時の、あの静かな動作を思い出した。秀の小さな掌を愛撫していたその手の動きを思い出した。何だかひどく不思議な気がしたし、それでいて、僕はあの頃からこの事件を無意識のうちに待っていたような、奇妙な錯覚さえ感じていた。

「安ちゃん、」と鋭い声がした。

読経はいつしか歇んでいた。僕はびくっとなって首を起した。

「安ちゃん、直之は秀と一緒に死んだというのは本当なの？」

郁代さんの低い声が意外なほど部屋の中に響き渡った。安子さんは困ったように姉を見、それから弁慶さんの顔を見た。

「郁代に知られたんじゃしょうがない。実はそうなんだ。何とも困ったことだが。」

弁慶さんはやむを得ないというようにそう弁解した。しかし郁代さんは見向きもしなかった。

「安ちゃん、あなたは馬鹿よ。秀なんかにあの人を取られて。」

安子さんは蒼褪めた顔を俯向けたまま、ひと言も答えなかった。

「直之はあなたが好きだったのよ。そんなことはあなただって百も承知している筈でしょう。あの人はわたしと結婚しても、どうしてもあなたを思い切ることが出来なかった。わたしは決して嫉妬なんかしなかったし、何とかしてあなた達を為合《しあわ》せにしてあげたいと思った。安ちゃんのためなら、直之のことを思い切るつもりだった。だからわたしはもう帰って来ないと言ったのよ、尼寺にでもはいったつもりで、じっとお寺で我慢していたのよ。わたし達のお母さんがあなたの小さい時に亡くなったから、わたしはお母さんの代りに、あなたを大事にして、あなたを幸福にしてあげようと決心したんじゃないの。わたしは直之と結婚するまで、あの人の好きなのがあなただということはちっとも知らなかった。どうしてそれが分らなかったのかしら。もしもわたしが知っていたら。もしも直之が、それともあなたが、わたしにひと言でも言ってくれたら。わたしは罪深いことをした、あなた達の間を割いてしまった、そう思ってどんなにかわたしは苦しんだでしょう。どうにも他にしかたがないから、それでお寺に行ったんじゃないの。そうすれば直之とあなたとは幸福になれると、一途に考えたからじゃないの。それなのに安ちゃん、このざまはなによ？　直之は死んでしまったわ、それも秀と、秀なんかと。一体これはどういうわけなの？　あなたはもう直之が好きじゃなくなったの？　一体どうしてなの、聞かせて頂戴。なぜ直之が秀なんかと死んだのか、そのわけを聞かせて頂戴。」

「お姉さん、そうじゃないのよ、」と暫く経ってから安子さんが答えたが、その声はひどく弱弱しく聞えた。「お姉さんは間違っているのよ。兄さんが好きだったのはあなたで、わたしじゃないのよ。」

「またそんなことを。いいえ、わたしである筈がありません。もしもそれがわたしだったらどんなによかったでしょう。わたしはあの人が好きで、それで結婚したんじゃないの。それでも本当のあの人の心のうちを知っていながら、妻である権利を振り廻すようなことがわたしに出来る筈がないじゃないの。どんなにか安ちゃんのためを思っていたのよ。」

「それは有難いと思っています。でも、お姉さんはずうっと間違って来ていたの。結局こんなことになって兄さんが死んでしまったのも、もとはと言えばお姉さんが間違っていたから、御自分が兄さんに好かれていることを決して認めようとなさらなかったからじゃありませんか。」

「安ちゃん、あなた直之が死んだのをわたしのせいにする気？」

「だって姉さんが……。」

しかし安子さんの言葉は震えながら途切れてしまった。弁慶さんや一族の老人たちが二人を引き留めにかかった。何といっても通夜の席でこうした姉妹喧嘩は見苦しい代物に違いなかった。しかし皆が留めれば留める程、郁代さんの眼は怒りで輝いた。彼女は鋭い声で叫んだ。

「それじゃ安ちゃん、直之に訊いてみましょう。一体誰が好きだったのか、わたしなのか安ちゃんなのか、さあこの人に訊いてみましょう。」

郁代さんは棺に縋って大声に泣いた。

「あなたが、あなたが好きだったのは、一体誰だったのです？」

しかし死人は沈黙して答えなかった。

僕が運河をめぐらした、この滅びたような田舎町を去る日が来た。卒業論文は完成までには至らなかったけれども、しかしもう目鼻はついていた。僕が鞄を小舟の中に積み込んでいるところに、安子さんが停車場まで見送ってくれると言ってくれた。いつもの下男がゆっくりと櫓を漕いだ。汽車の出るまでには時間はたっぷりあったし、この町とのお別れに、僕は水路をもう一度見物するつもりだった。安子さんと一緒に舟に乗って、こうして運河から運河へと漕ぎ渡るのも、これが最後かと思えば感慨が深かった。

既に早い秋が来ていて、水の上に白い雲が影を浮べていた。

「これでわたし達の家の没落するところを、あなたが御覧になったというわけね、」と安子さんが言った。「あなたも御勉強が出来なくてお気の毒でしたわね。」

彼女はまたいつもの快活さを取り戻していた。ただどこかぎごちなく感じられはしたが。

「お姉さんはまたお寺に行ったきりだし、おばあさんはお加減が悪いし。」

「でも安子さんが元気なんだから。」

「わたしも駄目。わたしなんか本当に駄目なの。」

その原因が直之さんの死にあることは疑いを容れなかったから、僕には気休めの言葉も生れて来なかった。

「安子さんは直之さんが好きだったんでしょう?」と僕はやや大胆になって尋ねてみた。

「ええ好きでしたわ。お姉さんもわたしも、二人とも夢中になっていたんですわ。でもね、兄さんが好きだったのはわたしじゃないんです。」

それは通夜の晩の同じ繰返しだった。しかし彼女は、今や、別れて行く僕に対して、心の底の気持を打明けずにはいられなかったらしい。

「Aさんは随分奇妙なことだとお考えになるでしょうね。昔からわたしも兄さんが好きでしたから、お姉さんと結婚するときまって、わたしはとても悦んで、兄さん兄さんと付き纏っていました。そこがわたしとお姉さんとの性質の違うところなんです。お姉さんは昔ふうで、引込思案で、兄さんと一緒に舟に乗ったりなんかはしません。わたしはおてんばだし、その頃は無邪気だったから、しょっちゅう兄さんと遊びに出掛けたりしていました。すると人の口がうるさくなったんです。こんな町では、誰でもそういうことにはとても敏感なんです。そしてお姉さんがそれに気がついて、そして邪推したんです。」

「邪推というと?」

「わたし達が軽はずみな冗談なんかを言い合っているのを、お姉さんが聞いたか見たかしたらしいんですの。わたし達、決して何でもなかったのに、お姉さんは段々にそれが本当だと思い込んでしまったんです。」

「嫉妬したというわけですか?」

「いいえ、お姉さんは嫉妬するような性質じゃなくて、自分が身を引くたちなんです。古いんですわ。それがかえって事をいけなくしたんでしょうね。兄さんがわたしを好きだし、自分がそれを邪魔したと考えてしまって。それでこの夏の初めにお寺なんかに行って、あとは二人でうまくおやりというようなものでしょう。そんなこと出来ませんわ。兄さんは家にいにくくなって秀のところに行くし、急にわたし、ひとりぼっちになってしまって。」

「だけどどうして直之さんはお姉さんを引き留めなかったんでしょうね？」

「それは随分と烈しい議論もしたようですわ。けれどお姉さんは、そうした弁解を聞けばますます本当だと思うような人だし、兄さんの方は、直に面倒くさい、しかたがない、と思うような人なんです。初めに誤解があって、それが段々に大きくなって行ったんです。そして兄さんは、結局何もかも面倒くさくなって、死んでしまう気になったんでしょうね。」

「僕にはよく分りませんねえ、」と僕は正直に答えた。

安子さんはその時、ハンドバッグの中を探って一通の手紙を取出した。封筒の上書に「安子殿」と書かれていた。

「これを読んで御覧なさい。わたしこれはお姉さんにも見せなかったのだけど、何だかAさんには読んで頂きたいの。」

その遺書は短かった。

私はもう疲れてしまった。詰らぬことは忘れて、ぐっすり眠りたいと思う。私は色んなことをして来たが、どれも失敗した。また、誰をも不幸にしただけだった。安ちゃんが幸福な結婚をして、幸福に暮すことを祈っている。

秀が一緒に行きたいというから連れて行く。この最後の眠りだけは失敗しないつもりだ。

僕はぼんやりと綺麗な書体を見詰め、言外に隠された意味を汲み取ろうとした。この男の本心はどこにあったのだろう。僅かに三十歳くらいで、人生に疲れたなどと言えるものだろうか。その一瞬に僕は、僕の人生を、未知と期待と幻想とに充ちた未来を、真昼の光の中で不意にちらっと覗いたのだ。時間の歯車が瞬時に回転し、それがあまりにも素早かったので、僕は未来の絵模様を明かに認めることが出来なかったけれども。

小舟はゆるやかに運河の上を滑り、やがて目的の場所に着いた。下男が鞄を持ってくれて、僕たちは停車場まで歩いて行った。乗客は少く、プラットフォームは閑散としていた。

「これでお別れね、」と安子さんが呟いた。

「僕また来ますよ、」と彼女の手を握りしめて、僕は熱心に言った。

「いいえ、あなたはもういらっしゃらないわ。来年の春は大学を卒業して、お勤めにいらして、結婚をなさって、ね、そしてこんな町のことなんかすっかりお忘れになるわ。」

「そんなことはありません。」

「そうよ、それがあなたの未来なのよ。」

再び時間の歯車が素早く回転した。僕は訊いた。

「じゃあなたの未来は?」

「こんな死んだ町には未来なんかないのよ。」

その時汽車がプラットフォームにはいって来た。僕は鞄を受け取って客車に昇り空席を見つけて窓から首を出した。汽車は直に発車した。

「さよなら、御元気でね、」と安子さんが言った。

「さよなら、お姉さんに宜しく。」

彼女の白い顔、打振っている白い手が、次第に遠ざかった。それは記憶のようにはかなく消えてしまった。そして僕は再び考えたのだ。直之さんが愛していたのは、やはり、この安子さんではなかったのだろうか。彼の性質として、結婚した妻を裏切ることは出来なかったから、彼は最後まで、死ぬまで、愛しているのは郁代さんで安子さんではないと言い続けたのではないだろうか。あれほど郁代さんが確信をもって信じたのには、やはり充分の理由があり、安子さんだけがそれに気がつかなかった、或いは気がつこうとしなかったのではないだろうか。

そして僕もまた、今になって、僕が安子さんを愛していたことに気がついたのだった。何と僕は長い間、見たこともない郁代さんの幻影に憑かれていたし、一度その人に会ってからは、悲劇的な、古風な、その美しさに憑かれてはいたが、しかしその実、僕が心から慕わしく思っていたのは、大して美人でもない、快活で、よく笑って、泣き虫だった、この安子さんであることを、僕はどうして今まで知らずにいたのだろう。今、それを知ったからといって何の役にも立たないものを。なぜなら彼女は今も、今となっては尚更、心の中で彼女の「兄さん」を愛し続けているだろうから。そして僕が彼女を愛しているからといって、もう一度この夏を初めからやり直すことは出来はしない……。

僕はまた汽車の窓から首を出してみたが、もう安子さんも見えず、停車場も見えず、あの町ももう遠くに過ぎ去って、汽車は陽の照りつける晩夏の原野を喘ぎながら走って行くばかりだった。

筑後柳河——作者の言葉

私は昔からどういうものか小説の中に「河」を書くのが好きで、題名にも河というのをつけたのが幾つかあります。実際には河のほとりに住んでいたこともないし、また河の眺めが特に印象に残っていることもないのですが。

「廃市」というのは雑誌に二回あるいは三回続きの予定で書き出した短篇で、九州の田舎の旧家を舞台に、なるべく抒情的な、分りやすい作品にするつもりでいました。ところで私の故郷は筑前の水城や太宰府に近いあたりですが、もう二十数年も九州へは帰ったことがありません。ただ念頭にはいつも去来していましたから、この旧家の舞台に筑後柳河を想定しました。この柳河というところには、これまた行ったこともないのですが、これは北原白秋の故郷ですし、『水の構図』と題された柳河写真集は白秋の詩集とともに私の好きな本の一冊です。もし私が白秋に倣うとしたら、当然あの独特の方言を用いるべきでしょうし、また私が実地にその土地を見聞していたら、描写ははるかに微細にわたることになったでしょう。しかし、私は背景として、掘割の多い、或る古びた町を用いただけですから、実際の柳河と掛け離れたものになったとしても、それは寧ろ私の思う壺だった筈です。

この小説はＮＨＫによってテレビになり、柳河へロケーションしたその地の風景が画面に映し出されましたが、私の想像でつくり上げた町とまったくよく似ているのにはびっくりしました。作者の知らない町を舞台にした小説が、作者の知らないうちに、あれは柳河を書いたものだと言われるようになったのは、作者にとってこの上もない名誉というべきでしょう。今度また、柳河の写真が私の小説に因んで載せられると聞いて、私は嬉しく思っています。いずれ私も、元気を出して一度柳河まで出掛けて行きたいものです。

〔昭和38年8月「ミセス」〕

沼

子供は怯えたように、少し離れたところから沼の方を見ていた。

沼はすぐそこだった。夏休みの終りに近い頃で、背の高い、頂きに白い花弁をつけた鉄道草が、身の丈よりも高く生い茂っていた。草の間から、折よくぎらりと太陽の光線を反射した沼の水が、子供の眼に魔法のように映った。あの光ったところが沼なのに違いない。すぐ先の方で、小学生たちが四五人手を振りながら口々に騒いでいた。そこは夏の間じゅう、子供たちが蝉を取ったり、蝶を追い掛けたりして遊ぶ場所だった。すぐ側に、「ごみをすてるな」と書かれた立札があり、その先に、「危険。ここで遊んではいけない」と下手な字で警告した立札が、鉄道草の間から顔を出していた。しかし子供は此処へ来たのは初めてだったし、まだ小さくて、書かれた字が読めなかった。

子供は少しずつ沼の方に近づいた。そこはお母ちゃんに、行ってはいけないととめられていた場所だ。雨がしょっちゅう降っていた頃、沢山の蛙の声が一かたまりになって、庭の向うの方から聞えて来た。蛙はいつでもおどけたように、「お出で、お出で、」と鳴いた。

「ほら、沼で蛙が鳴いてる、」とお母ちゃんが言った。

「どこにあるの、その沼？」

そう訊いてみたら、お母ちゃんは眼を三角にして、「駄目。ボクなんかの行くとこじゃないのよ。一人で行っちゃ駄目、」と言った。あんなに蛙が僕の行くのを待っているのに。

子供はまだ少し怯えていた。小学生たちのきいきいいう叫び、甲高い笑い声が、少しずつ子供の気持を落ちつかせた。だって、いつのまにか来てしまったんだもの。子供は、自分よりも大きな男の子たちに見つからないように用心して（きっと意地悪だろうから）前へ進んだ。大きな樹の幹を楯に取り、怖々《おづおづ》と首を出して覗いてみた。

そこが沼だった。どんよりした生ぬるそうな水が、すぐ足許からひろがって、——しかし眼を移すと、ほんのちょっと先には、もう苔の生えた、樹の茂った、向う岸がある。何だい、こんなに小さいの。それに蛙もいなかった。ぎらぎらした太陽が水の上に浮んでいるばかり。

どぶん、——水音がした。小学生たちの一人が、不意に小石を投げ込んだのだ。思わず樹の幹にしがみつき、波紋が、太陽と、青い藻草と、きたならしいごみとをゆらゆらさせ、じきに向う岸にぶつかって、幾重にもまじり合うのを見ていた。びっくりした。みんみん蝉が上の枝から、おしっこをして飛び立った。おしっこをしたのは僕じゃないよ。

子供はそこで初めて気がついた。向う岸だと思ったのは小さな島で、沼はその澱んだ水をめぐらしてぐるっと島を囲んでいるのだ。その島は子供なら五六人は立ったり坐ったり出来るくらいの大きさがあり、その中央に太い樹が左右に枝をひろげて、そのうちの長く伸びた一本の枝は、こっち岸まで水の上を渡っていた。その枝を見上げながら、小学生たちが口々に叫んでいた。

「僕なら出来るよ。」

「出来ないよ。出来っこないよ。」

「出来るともさ。」

何のことを言ってるのだろう。子供は注意深い眼で、樹の蔭から様子を見ていた。一人の子が勢いよく飛び上り、向うの島から手を伸している枝に飛びついた。しかしほんの僅かのところで届かず、勢いあまって転り落ちた。他の子たちが声を合わせて笑い、転んだ子は済んでで沼へ落ち込むところだった。「どうして子供たちはあそこで遊ぶんでしょうね、」とお母ちゃんが言った。「よその子供と遊ばせないようにしろよ、」とお父ちゃんが言った。沼の水は濁っていて、見るからに深そうで、お魚や蛙なんか住んでいそうになかった。

小学生たちはまた騒ぎ出し、一人が馬になると、さっき転んだ子を背中に乗せた。その子は裸足になって爪先立ち、ひょいと枝を掴んだ。枝はやヽしない、馬は飛び起き、子供たちは一斉に拍手した。ぶら下った子は赤い顔をして、仰向いたまま指先に力を入れた。

「駄目だぞ。そんなことをして落っこちたらどうするんだ。」

急に草叢の中から声がした。小学生たちは蜘蛛の子を散らすように逃げ出し、枝に掴まっていた子は一番あとから、やっとの思いで地面に飛び下りると、下駄を突っかけて仲間の後から走って行った。草叢の中では明るい笑い声がした。白いワイシャツを着た大人が、むっくりと起き直った。

「僕は違うんだよ。あの子たちと一緒じゃないんだよ。」

しっかりと樹の幹にしがみつき、子供は一所懸命にそう弁解した。大人は笑っていたので、安心して少し前へ出た。

「坊やは一人きりかい？」

「うん。僕、一人で来たんだ。」

大人はそれきり何も訊かず、ものうそうに煙草に火を点けた。子供は掌で額の汗を拭いた。側に寄って行き、しゃがんで沼の方を見た。その大人はちっとも怖いところがなく、黙って煙草を喫んでいた。蝉が、向うの島の中の大きな樹の幹にとまって、暑苦しく鳴き始めた。

「大きいんだね。島があるくらいだもの、とても大きな沼だね。」

大人は笑った。それは沼とも言えないくらいの小さな沼だった。そして島とも言えない位の、

――しかし水の中にある陸地を島と言うのなら、樹が一本生えただけのその島も、やはり島には違いなかった。

「坊やは海に行ったことはないのかい?」

「僕知らない。」

子供はどこへも行ったことがなかった。父親は父親だけで休日を過し、母親はいつも家にいた。

「さっきの子、枝につかまったんだね。どうして枝につかまったの?」

「島に渡ろうと思ったのさ。」

「どうして? ああそうか、手を代りばんこに動かしながら行くんだね。」

子供は枝を見、枝の高さを目測した。その枝は高くて、緑色の葉がぎっしりと茂っていた。枝から幹の方に眼を移した。蝉はもうどこか他の樹へ飛び立ち、島との間の水は濁ったまま、空の青さを映してはいなかった。

「島に行けたらきっと面白いね。あそこにはきっと、誰もまだ行ったことがないんだね。」

大人は振り向いて子供の顔を見た。

「坊や、行ってみたいかい?」

「うん。小父ちゃんなら行ける?」

それから子供はもう一度、枝を仰いで見た。

「もし僕、あの枝につかまれたら、一人で行ってみせる。」

大人は立ち上り煙草をぽんと水の中に捨てた。

「じゃ小父ちゃんが向う岸に渡してやろう。」

子供は息をはずませて走った。どう走ったのか自分でも分らなくなり、道もはっきりせず、走ったり立ち止ったりして、それでもいつのまにか自分の家の方角へと近づいた。自分の家が分った時には、安心して、急におしっこがしたくなった。

「お母ちゃん、」と叫びながら、家の中へ駆け込んだ。

なぜそんなに急に逃げ出したのだろう。やさしそうな小父ちゃんだった。もしあの時逃げ出さなかったなら、きっと島へ行けたのだ。島に行ってたら、どんなに面白かっただろう。ひょっとしたら、僕はもうボクじゃなくなって、誰かほかの人になっていたかもしれない。あそこに行った人だけが、大人になれるのかもしれない。お母ちゃんも行ったことがあるのかしら。

「どこへ行ってたの、一体？」

母親は怖い顔をして訊いた。あそこはきっと秘密の場所なのだと思った。大人はあそこを教えたがらないのだ。

「どこなの？　おっしゃい。」

「沼なの。」と不承不承に答えた。

母親は息を呑み、火のついたように怒り出した。なぜそんなに叱られなければならないのか、子供には分らなかった。母親は矢継早やに質問し、子供は黙っていた。何と答えていいのか分らなかった。歩いているうちにひとりでに沼のところへ出たのだ。それに僕はおいたなんかしやしなかった。おしっこを洩らしたりもしてやしない。

「ボクはどうしてそんなに強情なの？」と母親は叱り疲れて、黙りこくった子供を見詰めていた。

夕方になって父親が帰って来ると、玄関口で母親は子供のことを訴えた。父親は不機嫌な顔をした。何も自分が帰って来るそうそうから、子供のことなんかでがみがみ言うことはないのだ。母親は怒りの対象を父親の方に向けた。

「あなたは子供のことを、ちっとも大事に考えていないんだわ。」と蒼ざめた表情で、母親は言い張った。

お父ちゃんはちっとも僕を大事にしてくれない、と障子の蔭で、子供は考えた。あれはきっと僕のお父ちゃんじゃないんだ。

いつ頃からか、その奇妙な考えが子供の頭の隅で育っていた。僕はちっともお父ちゃんに似ていない（「この子は母親似でしてね」）、お父ちゃんは僕と遊んでくれない、何も買って来てくれない、怒ればとても怖いんだ、お酒を飲むときっと怒るんだ、お母ちゃんだって本当はお父ちゃんが嫌いなんだ。

夕食の仕度が、卓袱台《ちゃぶだい》の上で冷たくなった。

「もうよせ。いつまでもがみがみ言うな。」

「あなたはこの子がちっとも可愛くないんでしょう? 自分の子じゃありませんか。どうしてそんなに平気でいられるんだか。この子さえいなければ私と別れるって、いつかおっしゃったわね。」

「馬鹿なことを。子供の前じゃないか。」

「子供の前でもいいんです。あなたは、あなたはボクちゃんが沼にでも落ちて死んだら、その方が、私と別れられるから嬉しいんでしょうよ。」

母親は泣き出し、子供も一緒になって泣き出した。可哀想なお母ちゃん。別れるってどういうことなんだろう。

親子は冷たくなった夕食をまずそうに認《したた》めた。子供は直に睡たくなった。蚊帳の中へ入れられて、尚も両親が口争いをしているのを聞きながら、眠ったり、眼をさましかけたりした。あの小父ちゃんはやさしそうだった。逃げ出さなければ、きっと島へ渡してくれたんだ。ひょっとしたらあれが本当のお父ちゃんなのかもしれない。だからちっとも逃げ出すことなんかなかったんだ。

子供はぱっちりと眼を覚ました。父親も母親もぐっすりと眠っていた。子供は蚊帳から抜け出し、寝衣のまま小さな下駄をはいて、そっと表へ出た。月の明るい夜で、道には誰もいなかった。子供は沼の方へ歩いて行った。歩くたびに、下駄がからころとよく響く音を立てた。子供は長い間歩いた。夢の中で歩いている時にちっとも疲れないように、何の疲れも感じなかった。

昼まは鉄道草が咲いていたのに、今は月見草が首を揃えて子供を待っていた。沼は月の光に照されて、蒼ざめた、冷たそうな水を湛えていた。水の間に、一本の大きな樹が翼をひろげたその下で、島は黒ずんで浮び上った。露に濡れた木の葉の一枚一枚が、ぴかぴかと輝いた。誰もいなかった。虫が子供の足許で鳴きやみ、それからまた一斉に、うるさいほど鳴き始めた。

小父ちゃんはどこにいるのだろう。

遠くで梟が一声二声鳴いたが、それほど怖くもなかった。沼もそれほど怖くなかった。昼まとはまるで違って見える位に、それは大きく、美しく、妖精の住みかのように見えた。どこも一体に青っぽいのに、眼を凝らすと木の葉の一枚一枚をはっきり見ることが出来た。よく見ると、島から伸びて来ている樹の枝が、子供でも届くほどに地面の方へ垂れ下っていた。

きっと小父ちゃんがこんなふうにしておいたんだ、と子供は考えた。島で僕を待っているんだ。子供は飛び上り、た易く枝を掴んだ。

枝はひんやりして、葉が一斉にさやさやと鳴った。子供は代りばんこに手を前へ動かした。次第に手の力が抜けて、足の下には沼の水が青く光っていた。夢なんだな、手を放して沼に落っこちたと思ったら、きっと眼が覚めるんだな。子供はしかし、一心に手を動かした。夢でもいいから、どうしても島へ行ってみたかった。そこまで行けば大人になれるんだ。葉がさやさやと鳴り続けた。

子供は遂に樹の幹に達した。太い幹を伝って地面に下りた。島だ。苔の生えたぬるぬるした地面を、滑らないように用心して歩いてみた。どっちへ行っても沼の水が眼の前にある。月の影を移して金色に光っている。ごみも藻草も、みんな金色に光っている。ここが秘密の場所なんだ。あの大きな子たちも、ここへは来れなかったんだ。お母ちゃんは来たことがあるかしら。

母親はふと眼を覚まし、機械的に子供の様子を見た。蒼ざめて立ち上り、後れ毛を掻き上げ、便所や台所の電燈を点けてみた。急いで父親を揺り起した。父親は機嫌の悪い顔で眼を覚まし、暫くは取り乱した妻の様子をぼんやりと見詰めていた。薄暗い電燈の光が、蚊帳の網目のために一層薄暗くなって、子供の抜け出したあとの白い敷布を照していた。

「きっと沼だ、」と父親は言った。

「まさか、こんな夜なのに、」と母親は言った。

子供は島の上で一人だった。それを取り囲む沼の中で、一人で、少し震えながら、僕はもう大人だと考えていた。もう何も怖くはない。お父ちゃんだって怖くはない。沼の水に映った月の位置が前よりも少し動いた。僕はもう帰らなくちゃ。小父ちゃんはどこにもいなかったが、しかしどこかで子供を見守っているようだった。子供は安心して樹の幹を登り始めた。しかしその幹は太すぎて、そして来た時の枝はずっと上の方だった。手が疲れて来ると、また夢の中にいるような気がした。ここから落っこちると眼が覚めるのだ。

両親は草を踏み分けて沼のほとりへ来た。母親は狂ったように喘いでいた。その眼はいち早く、島の上に小さな影を認めた。父親がとめる間もなく、愚かな母親は叫んだ。

「坊や。」

子供は眼を覚まし、声のする方を見、母親の肩ごしに自分を追って来た父親の鋭い眼指しを認めた。手を離した子供の身体は地面に落ち、苔の上を滑り、沼の中へ吸い込まれた。波紋が、そこから金色の渦をゆっくりひろげ、重なり合った。

飛ぶ男

彼は清潔なクリーム色に塗られたエレヴェーターの扉の前に立ち止り、素早く右横にある不透明ガラスで出来たボタンを押す。それにさっと灯が点く。ボタンは一つしかない。それは此処が八階、即ち最上階であることを示している。昇って来るエレヴェーターを呼ぶためで、降りて来るエレヴェーターというものは存在しない。ボタンの灯は点いたまま消えない。彼は眼を起して閉じられた扉の上の、並んだ数字を見る。1の数字の明りが消え、2が点く。続いて明りは3に移る。それは3のところで動かなくなる。

彼は右手を見る。右手には看護室があり、そのドアはしまっている。看護婦たちは配膳室で後片付をしているのか、それとも看護室で夜勤の看護婦と引継ぎのお喋りをしているのか。もう少し後ろへ退れば、看護室のガラス戸越しに中を覗き込んで様子を知ることも出来る。しかし彼はそんなことはしない。彼はちらっと仰向く。明りは4に移り、そこで止っている。右手の押ボタンも明りが点いたままになっている。その下に小さな貼紙がしてある。彼は読む。

「これは自動式エレヴェーターです。

「お乗りになったら御希望の階のボタンを押して下さい。

「ドアは自動的に八秒間開きます。乗り降りは迅速にして下さい。定員を越さないようにして下さい。

「絶対に故障を起すことはありませんから、御安心下さい。」

彼は少し笑う。明りは5に移り、6に移る。エレヴェーターは次第に昇って来る。彼の周囲には誰もいない。後ろには喫煙用のテーブルや長椅子や赤電話がある。しかしそこには見舞客も患者もいない。看護婦も依然として姿を見せない。しかし看護婦は今にも、すぐそこの廊下の蔭から、看護室のドアの中から、現れるかもしれない。彼は緊張する。

エレヴェーターの扉が、切り開かれたように、中央から左右に分れる。それは人けのないこの廊下の中で烈しい金属的な響きを立てる。中は空っぽだ。誰も降りる者はいない。彼はすっぽりとその中に滑り込む。しかしドアはまだしまらない、しまることが出来ない。八秒間。彼は待っている。彼は看護婦が廊下に現れ、彼の姿をエレヴェーターの中に認め、驚き、声をあげて呼び、そして連れ戻すのを待っている。その時間は長い。八秒間。しかしドアは再び金属的な響きと共に閉じ合される。一人だ。そしてエレヴェーターは落ちて行く。撃たれた鳥のように、隕石のように、落ちて行く。

その瞬間に意識が止る。意識が二分される。一つは彼の魂、それは動かない、それは落ちない。それは依然としてあの高さ、八階の高さの空間の中にある。その鳥は依然として空中を飛ぶ。その隕石は依然として宇宙空間の中にある。もう一つは彼の肉体、それは動く、それは落ちて行く。エレヴェーターと共に烈しく落下する。撃たれた鳥のように、隕石のように。その二つとも彼だ。彼の意識は二つに分れ、その距離が見る見るうちに遠ざかる。垂直に。

そこに、最初の位置に、八階のエレヴェーターのあの鎖された箱の中に、つまり地上から八階の高さの中にいたのが彼なのだ。本当の彼だ。とすれば落ちて行くのは彼の分身、彼の影、彼の意識のみなのか。いやこの方が本当の彼だ。この素早く、無抵抗に、不可避的に落下して行く物体。彼は上に置いて来た意識を懸命に引き戻し、取り戻し、それと合体しようとする。意識の半分を忘れて来てはならない。意識はすべて十全でなければならない。しかしそれは二つだ。彼は尚も八階の高さにいる。鎖された金属の箱の中で、ただ一人、閉じこめられている。この箱は動かない、この箱は落ちない。それはいつまでも、それこそ永遠にまで続く現在だ。彼はその中にいる。そして自分の意識が、その半分が、撃たれた鳥のように、隕石のように、落ちて行くのを感じる。どちらが本当なのか、本当の彼なのか。彼は知らない。

僕ハ魂ヲアソコニ置イテ来タ、と彼は呟く。エレヴェーターは落下し続ける。階数を示す灯が点いては消え次第に移動する。やがて1の数字に明りが点く。エレヴェーターは止る。扉が中央からするすると左右に開く。

彼はベッドの上で一人きりだった。身体を動かし、右側が下になるようにゆっくりと寝返りを打ち、ドアの方、つまり窓とは反対の方向を向いた。ベッドのスプリングが厭な音を立てて軋んだ。彼はいつもは大抵仰向けに寝ていた。そして時々は左側が下になるような形に、窓の方に身体を向けて寝た。肉体的には仰向けに寝るのが一番楽だった。それが一番抵抗が少ない。しかし背中や肩が痛くなって来ると、どうしても横向きにならないわけにはいかない。そして横向きになることは身体に負担を掛けたから、長い時間を横向きのままでいることは出来ない。つまり横向きに寝ることは彼にとって一つの愉しみだった。

いまや彼は右側を下にして横になった。ドアが見え、その隣に鏡が見え鏡の下に洗面台が見える。但し鏡と洗面台とは床頭台の蔭になっているから、半分ほどしか見えない。鏡にはベッドは映らないから従って寝ている彼の姿も映らない。鏡には窓が、ベッドの左手にある窓が、ベッドの上の空間を通り越して映っていた。右手の鏡を見ても、左手の窓が見えるという寸法だ。しかし彼は鏡に映っている窓を見ることを好まない。窓は窓、鏡は鏡だ。鏡に映った窓は単なる虚妄にすぎない。どれほど彼が窓を見るのを好んだとしても、それは実体としての、その先に直接に空を見ることの出来る窓で、虚妄としての窓ではない。しかしそれでも彼は暫くの間、その鏡に映っている窓をじっと見詰めていた。

カーテンはまだ開かれている。従って中央で二重に重ねられた窓硝子の左右に裸の空間を鏡が写し取っている。勿論窓硝子は透明だから、二枚重ねられている部分でも、外側の空間を見ることは出来る。しかしそれは真の空間ではなかった。それは虚妄だ。窓硝子と鏡との二重の操作を経て彼の肉眼に映った空間なんかには、彼は何の関心もない。

開かれた窓の向うに空が見えた。しかし鏡によって切り取られた部分はほんの少しだから、それは全天の何十分の一にすぎない。そこに少しばかり雲の姿が見える。その雲はまだ明るい。僅かに赤ばんで蔭になった部分だけが暗い。しかしそれは刻々に赤みを増して行くだろう。その雲は次第に動いて行くだろう。

しかし彼は雲の映った鏡を長い間見てはいなかった。雲が見たいのなら、ゆっくりと向きを変えて、身体の左側を下にして、窓の方を向きさえすればいいのだ。そうすれば裸の空間が、もっと広い視野のもとに、彼の肉眼に映るだろう。今は右側を下に寝ているのだし、それは彼にとっての過去の時間なのだ。彼は自分の極めたことを忠実に守る以外に、愉しみとしての何等の自由をも許されていなかった。右側を下に寝ているのは過去の時間だ。しかし彼はまたドアを見た。

ドアは閉じられていた。意識はそこで尚も現在を揺曳した。さっき看護婦が夕食の食器を下げて行った時に閉じられたままだ。

他人から煩わされない時間としては、今が一番長い。今は六時半だ。七時半頃になると夜勤の看護婦が様子を見に来るだろう。それ迄のこの一時間の間は、医者も、看護婦も、見舞客も、誰一人来る筈はなかった。この一時間だけは（夜中を別とすれば）彼が全く一人きりでいられる時間だ。不意を襲われることもない。しかし寝たきりの彼にとって、不意というものがあり得るだろうか。不意にドアが開き、若い看護婦がにこにこして部屋にはいり、彼に話し掛け、彼を慰め、そして風のようにドアから出て行くのは、一種の愉しみではなかっただろうか。いな、彼にとってはそうではなかった。ドアは閉じられたままの方がよかった。

蒼ザメタ雲ガ浮ンデイタ。空ガ真蒼ニ澄ミ切ッテイタカラ、ソコニ浮ブ雲マデガソノ色ニ染メラレテシマッタカノヨウダッタ。彼ハ仰向ニ草ノ上ニ横ニナリ、ボンヤリト空ヲ見テイタ。小サナ雲ガ蒼ザメテ幾ツモ幾ツモ漂イ、ソノ全体ガ左側ノ山脈ノ方ニ動イテ行ッタ。ソレラノ小サナ雲ノズット上ノ方ノ空間ニ、モット大キナ、ヒトカタマリノ雲ガ、反対ノ方向ニコレマタユックリト移動シタ。ソノ形ハ機関車ニ似テイタ。小サナ雲ノ群ハ小羊ニ似テイタ。小羊ノ放牧サレタ牧場ノ柵ノ側ヲ機関車ガ走ッテ行クヨウニ見エタ。シカシ小羊ト機関車以外ノ空間は真蒼ダッタ。ソノ部分ハ無限ニ遠ク見エタ。

「何ヲ考エテイルノ？」ト彼女ガ訊イタ。

彼ハ答エナカッタ。考エテイルノデハナイ、見テイルノダ。タダ見テイルダケダ。アノ無限ニ遠イ空間ヲ。

「ワタシタチ、イツカ結婚デキルワネエ、」ト彼女ハ呟イタ。

ツマリ君ノ考エテイタノハソンナコトナノカ。詰ラナイ考エ。卑小ナ、俗ッポイ考エ。いやその時はもっと真剣だった筈だ。それは鏡の中に映っている窓の外の空だったのだ。しかもそれが実体であるかのように信じていた。ドウシテコノ空ノコノ無限ノ遠サヲ彼女ハ理解シナイノダロウ。

「アソコニ鳥ガイルヨ、」ト彼ハ注意シタ。

一羽ノ鳥ガ、多分アレハ鳶ダロウ、ユックリト二人ノ真上デ旋回シテイタ。ソレハ二人ノイル原ッパヨリハズット上ノ方デ、シカモ小羊ノヨウナチギレ雲ヨリハ比較ニナラヌホド低カッタ。機関車トハ更ニ較ベモノニナラナカッタ。シカシソコガ空デアルコトニ変リハナカッタ。人間ドモヲ遙カニ見下ス高ミデ、ソノ一羽ノ鳥ガ人間ドモヲ憐ンデイルコトニ間違イハナカッタ。

「アイツハ僕タチヲ見テイルンダ。何ゾ獲物ジャナイカト思ッテ偵察シテイルンダ。」

彼女ハ明ルイ朗カナ声デ笑ッタ。

「可哀ソウニ。ワタシタチジャ食ベルワケニイカナイワネ。」

彼ニハ見ルコトガ出来タ。遙カ下界ノ原ッパノ上ニ仰向ニナッテ寝テイル幸福ナ恋人タチヲ。

鋭イ眼指シデ、ソレガ人間デアリ腐ッタ鼠ヤ兎ノ死骸デハナイコトヲ、トウニ見抜イテイタ。コウシテ地ベタニヘバリツイタ人間共ヲ見下シナガラ、彼等ノ上デユックリト輪ヲ描イテ飛ブコトハ、何トイウ愉シミダロウ。彼ハソノ愉シミヲ味ワウコトガ出来タ。ナゼナラ……。

「君ハ夢ノ中デ空ヲ飛ンデイルコトハナイカイ? 僕ハショッチュウ空ヲ飛ブ夢ヲ見ル。僕ハキット前世デ、あんです山脈ニ住ンデイタ禿鷹カ、太平洋ニ住ンデイタ信天翁《アホウドリ》カ、トニカク自分ガ鳥ダッタヨウナ気ガシテイルンダ。君ニハソウイウ前世ノ記憶ノヨウナモノハナイカイ?」

彼女ハビックリシテ、呆レタヨウニ彼ノ顔ヲ見タ。

彼の眼の前で金属的な響きを立てて扉が開いて行く。そこに三人の人が待っているのを彼は見る。その三人は急いでエレヴェーターへ乗り込み、すれ違いに出て行く彼の方に注意を向けない。そのうちの二人は看護婦だが彼はその二人を見知ってはいない。もう一人は背広を着た男で、きっと見舞客の一人だろう。規則で定められた患者との面会時間はもう過ぎている。今ごろがこの病院で一番閑散とした時刻なのだ。彼はゆっくりと廊下を歩いて行く。昼の間は外来患者がひしめいている待合所のベンチが、幾つも空しく待ち侘びている。それは何の機能も果さない空しい死骸だ。薬局の覗き窓はしまっているし、外来受付の小窓も閉じられたままだ。硝子戸越しに職員の姿が一人二人見える。彼は玄関に出る。そして彼はゆっくりと玄関のドアから戸外に出て行く。

明るい。たとえ夕暮の、残り僅かな明るさだとしても、病院の中の人工の明るさと較べれば、これは紛れもない本物の明るさだ。彼は立ち止り、眼で光線を、鼻で空気を、呼吸する。病院の前は広場になり、その先に門がある。広場には樹が植えられ、花壇が飾られている。彼はそれを見ながら門の方へ歩く。地面に不可避的に縛りつけられている植物の類を彼は好まない。従って彼の眼は、冷淡に、無関心に、花々や樹々を見る。それはただ見えるというだけだ。彼は門を通り過ぎて往来に出る。静かな街だ。空車の札を掲げたタクシイが彼を認めてスピイドをおとす。しかし彼はそれに一顧も与えない。彼は通りの向う側の建物を見ている。レストランがある。二階の窓を通して夕食を認めている客の姿が見える。三階の窓の中は分らない。そこは多分事務所なのだろう。その隣は果物屋で、その隣は雑貨屋で、どっちも二階建だ。その隣は花屋で、その隣は本屋だ。しかし彼の視線は建物の表面を垂直に這い上る。花屋のショウウインドウの中の鮮かな切花の模様や、本屋の店先の雑誌のけばけばしい色彩などは、彼の関心を惹かない。一階よりは二階、二階よりは屋根、そして屋根の尽きたところに、驚くほどの明るさを持つ、光線をたっぷり含んだ空間が、彼の視線を吸い込む。透明な空気の充ち満ちた空、そしてそこを動くともなく浮遊する雲。そこは無限に遠い。

彼は眼を落す。彼は歩道を歩き始める。

深夜だった。彼は目を覚まし、暗闇の中で眼を開いた。右手のドアの上の空気抜けの小窓から、廊下の明りが僅かばかり差し込んでいた。左手の窓にはカーテンが引かれている。手を伸してカーテンの紐を引けば、窓を直接に見ることも出来るが、しかしそんなことをしても無駄なことは分っていた。そこにあるのは夜だけだ。鳥たちの眠っている夜、そして人間もまた眠っている長い夜だ。しかし時刻を確めることは多少の気晴らしになるだろう。彼は枕許に右手を延した。間違えてはならない。スイッチは二つあり、一つは看護婦を呼ぶためのベルのスイッチで、もう一つは枕許の壁に作りつけになったスタンドのスイッチだ。彼は指先でそれを確めた。明りが点いた。彼は左手を顔の前に上げて腕時計を見、二時二十分という時刻を読み、また右手でスイッチを押した。再び暗闇が彼を取り巻いた。朝までは長い。そして彼はなかなか寝つかれないだろう。

天井にある電燈は九時に消される。しかし彼は見舞客でもない限りそれを点けておくことはなかった。枕許のスタンドだけで、彼一人の生活には充分だからだ。生活、とそれは呼べるのだろうか。要するに寝ているだけだ。それでも生活なのだろうか。病院は規則正しく九時の消燈時間を守り、患者は電燈を消して眠った。眠りは生活の中の重要な部分だった。

いま彼は仰向けに寝ていた。仰向けに寝るのは、彼にとっての現在の時間だ。しかし彼は殆どいつでも仰向けに寝ていたし、それが結局は一番自然な姿勢だった。それに人間の意識は、日常の生活の中で、現在の時間を流れているのが一番自然で当り前のことなのだ。

右側の空気抜けの小窓から仄かな明りが差していた。それは過去から差していた。そして左側の窓にはカーテンが下り、未来は全く暗黒で、しっかりと鎖されていた。彼は決してよくはならないだろう。彼の身体はもう半ば死んでいるのだ。医者のまじろがない、学問的な、そしてやや冷酷な眼指しの中に、看護婦のやさしい、同情的な、そしてやや事務的な眼指しの中に、彼は自分の未来を読み取っていた筈だ。意識ノ中ノ或ル部分ガソレヲ読ミ取リ、意識ノ残リノ部分ハ決シテソレヲ許容シナカッタ。看護婦たちは誰も若く、生きることは自然で、日常の生活は現在から未来へと坦々と通じていた。彼女等がこの個室にはいって来るだけで、軋むベッドの上のこの半ば死んでいる彼の身体を包んでいる意識が、日常の感覚を回復するのだ。しかし彼はそれを好まなかった。それに今は深夜で、看護婦が部屋にはいって来ることもなかった。

暗闇ノ広ガリノ中ニ二ツノ巨大ナ白イ手ノヨウナモノガアッタ。手トイッテモソレハ人間ノ手デハナカッタ。ソノ二ツノ巨大ナ物ハ何カヲシキリニ捏ネ廻シテ、絶エズ動イテイタ。ソレハ神ノ手ダッタ。神ハイマ新シイ生キ物ヲソノ両手ノ間ニ製作シテイタ。

「神其像《かみそのかたち》の如くに人を創造《つくり》たまへり。」ト旧約ニ書カレテイル。シカシ神ノ像トイウモノハナカッタシ、従ッテ人ノ像トイウモノモナカッタ。神ハ宇宙ニ茫漠ト漂ウ意識ガ一ツニ凝縮シタモノニスギナカッタ。ソノ凝縮シタ意識ハ既ニ鳥ト獣トヲ創リ、魚ト昆虫トヲ創リ、ソレラヲ地上ニ放ッタ。シカシマダ何カガ欠ケテイタシ、彼ニトッテコノ最後ノ生キ物ハ今迄トハ比較ニナラヌホド創ルノガ困難ダッタ。彼ハソレヲ最モ美シク、最モ賢ク、地上ニ於ケル自分ノ代弁者タラシメヨウト思ッタ。困難デハアルガソレダケ興味モ深カッタ。神ハ一心ニソノ仕事ニ耽ッタ。

コノ神ハ動クコトガ出来ナカッタ。彼ハ像ノ無イ物ダッタ。タダスベテヲ見ルコトハ出来タ。地上ニハ夕ガアリ朝ガアリ、緑ノ草ノ上ヲ獣ガ走リ、青イ水ノ中ヲ魚ガ泳イダ。神ハ彼等ガソノ生ヲ愉シミ、生レカツ死ヌノヲ見タ。眼ハ無クトモ見ルコトガ出来、耳ハ無クトモ聞クコトガ出来タ。シカシ神自身ノ存在ハ、虚無ノ果シナイ空間デ、タダ二ツノ巨大ナ手ノヨウナモノトイウニスギナカッタ。空間ノ中ニタダコノ二ツノ手ノミガアッタ。ソレハ新シイ仕事ノタメニセッセトソノ仕事ヲ続ケタ。コノ神ハ宇宙ノ意志ダッタ。

神ハ幾度モ失敗シテハ、ソノ不具ナ物ヲ虚無ノ中ニ投ゲ捨テタ。ソレハ粉々ニ砕ケテ宇宙ノ中ニ四散シタ。神ハ倦マズニソノ両手ヲ捏ネ廻シタ。ソノ仕事ニノミ意識ガ存在シタ。ソシテ遂ニ、或ル不思議ナ物ヲ彼ハツクリ上ゲタ。ソレハ鳥トモ違イ獣トモ違ッタ。シカシソレハ飛ブコトモ出来、走ルコトモ出来タ。ソレ迄ニ神ノ創ッタアラユル生キ物ノウチ、最モ美シイ肉体ト最モ賢イ頭脳トヲ持ッテイタ。シカシソレハ人間デハナカッタ。ナゼナラバソレハ翼ヲ持ッテイタカラ。

神ハソノ生キ物ノ鼻ニ息ヲ吹キ入レテ地上ニ放シタ。更ニソノ肋骨カラ女ヲツクリ伴侶トシタ。神ハ満足シ、ソノ間ニ地上ニ新シイ生キ物ノ種属ガ次第に繁殖シタ。彼等ハ空ヲ飛ビ交イ、地ヲ走リ廻ッタ。彼等ハ次第ニ空高ク飛ブヨウニナリ、神ノイルアタリマデ飛翔シテ来タ。

神ニハ最早仕事ガナカッタ。ソシテ宇宙ノ意識ハ最早凝縮スルコトガ不可能ダッタ。新シイ生キ物ガ、彼等ノ固有ノ意識ヲ持ッテ、易々ト神ノ意識ノ内部ニ飛ビ込ンデ来テハ神ノ思考ヲ妨ゲタ。彼等ハ神ニ等シイ智慧ヲ持チ、神ノ持タナイ肉体ヲ持ッタ。彼等ハ即チ小型ノ、シカモ無数ノ神ダッタ。

神ハ嫉妬シタ。コレハモトモト妬ミ深イ神ダッタ。彼ハ自分ノ失敗ヲ知ッタ。コノヨウナ新シイ生キ物ヲ彼ハ創造スベキデハナカッタ。モット醜イ、愚カシイ、獣ジミタ存在デ充分ダッタ。ソレナノニ彼等ハ我ガ物顔ノ意識ヲ持チ、幸福ナ微笑ヲ浮ベ、神ノ意識ノ内部ニマデ侵入スル。ソレハアルベカラザル間違イダッタ。

神ハ怒リ、ソノ巨大ナ白イ手ノヨウナモノヲ振リ廻シタ。忽チ永遠ノ闇ガ訪レ、アラユル存在ハ虚無ト渾沌トノ中ニ沈ンダ。最早天モナク地モナク、光モナカッタ。スベテハ元ニ戻ッタ。ソノ虚無ノ中デ、神ハ再ビ天地創造ノ第一日目ノ仕事ニ取リカカッタ……。

彼は暗闇の中にいて無意識に両手を組み合せ、捏ね廻した。その両手は汗っぽく湿っていた。

人間ノ無意志的記憶ノ根源ニハ天使ノ記憶ガアル、と彼は呟いた。

彼はビルの谷間を歩いて行く。人通りはなく、車も通らない。あたりは異様なほど静かで、かつ薄暗い。時刻はまだ日没には間があるのに、光は遙かの高みに揺いでいて、この谷間まで落ちて来ることはない。彼は足を急がせ、眼を起す。垂直に、灰色に、切り取られた壁が、彼の右側と左側とに、圧倒的に聳《そび》えている。その壁には窓がない。盲目の壁が、たとえようもない静けさで、両側から彼の頭の上にのしかかって来る。彼の視線は素早く壁と壁との間を通り抜け、上へ上へとさ迷って行く。壁の終るところに、細長く、異様なほどの蒼みを持ち透明度を持って、空がすっぽりと嵌《は》め込まれている。そこまで行けば自由なのだ。そこには吹き渡る風と透き通った光とがある。そこには自由がある。彼の足はいつの間にか動くのを止め、彼の眼はこの細長く区切られた空に集注する。しかし彼はまた歩き出す。何トイフ生キ物ダ、人間トイフ奴ハ。彼は地面にへばりついている右足を起し、続いて左足を起す。彼はまた歩き始める。ビルの谷間は薄暗く、一種の湿った黴くさい匂いがする。人は通らない。彼はもう考えない。魂ヲ置イテ来タノダカラモウ考エルコトモナイ。彼は谷間を通り抜け、広い通りに出る。

彼は目を覚ました。部屋の中に薄ぼんやりした光線が漂っていた。彼は左手を蒲団の中から出し、窓の端に下っている紐を探り、それを掴むと手許に手繰り寄せた。それにつれて窓を覆ったカーテンがするすると引かれた。暁だった。薄明の光が空から次第に夜を追い払いつつあった。透明な天が、雲らしいものの形一つ浮べずに、次第にその蒼ざめた神秘を顕示し始めた。ただ惜しいことに、それは硝子を通して見る天にすぎなかった。窓は締められていたし、彼は自分でそれを開くことが出来なかった。看護婦が朝の検温に来て（五時半になれば。時間の正確なことも病院の規律のうちだった）彼が窓を明けてくれと頼むまでは、それは本物の空間を遮断した。大抵の看護婦は、彼の癖を既に知っていたから、黙っていても直に窓へ行きそれを開いた。そうすると朝の爽かな空気と共に虚妄でない蒼空が彼の眼の中に飛び込んで来るのだ。

しかし時刻はまだ早く、彼は硝子ごしに空を見ることで満足した。彼はゆっくりと身体を廻転させ、左側を下にして横になった。彼は窓の方を向いた。それは彼にとっての未来の時間だ。空は刻々にその明るさを増した。

未ダ誰一人空ヲ飛ンダ者ハイナイ。人間ハ地上ヲ這ウベク運命ヅケラレテイル。ナルホド人間ハ空飛ブ機械ヲ自分ノモノニシタ。らいと兄弟ノ発明以来、人間ハ飛行機ニ乗ルコトヲオコガマシクモ空ヲ飛ブト称シタ。ソレハ違ウ。飛ンデイルノハ機械デアッテ人間ハタダソレニ乗ッテイルトイウダケダ。機械ガモットモット進歩シ、ロケット操法ガ発達シ、遂ニ人間ハ空気ヲ抜ケ出シテ宇宙空間ヲ飛行シ、月ヤ火星ヘマデ行ケルヨウニナルカモシレナイ。シカシソレハ飛ブコトトハ関係ガナイ。

例外ハアッタ。だいだろすハ捕ヘラレタくれた島ノ牢獄カラ逃レルタメニ、蠟ヅケノ翼ヲ二組ツクッタ。ソノ一ツハ自分ガツケ、他ノ一ツハ息子ノいかるすガツケ、コノ親子ハ空ヲ飛ンデくれた島カラヒト飛ビニ海ヲ渡ッタ。いかるすハアマリニモ空高ク昇リ、翼ヲ固着シタ蠟ガ太陽ノ熱ニ溶ケタタメニ海ニ落チテ溺死シタ。いかるすハ増上慢ノ例トシテアゲラレル。シカシソレナラバ、ナゼだいだろすハ無事ニ助カッタノダロウ。人間ノ思イ上リヲ責メルタメニコノ神話ガアルノナラ、ナゼ失墜シタノハいかるすデ、だいだろすデハナカッタノダロウ。コノだいだろすノ知慧ガ羨望ト嫉妬トヲ人ノ心ニ喚ビ起シタノト同ジホドニ、畏怖ノ念ヲモ起サセタカラデハナイノカ。単ナル増上慢ト極メツケルニハ、アマリニモ人類ノ夢ヲ具現シテイタカラデハナイノカ。セイゼイ息子ガ海ニ落チタ程度ノ罰ヲシカ、人間モ、マタおりゅんぽすノ神々モ、コノ人類ノ夢ノ創造者ニ与ヘルコトガ出来ナカッタ。ソシテだいだろすノ後ニ、我々ハ再ビ彼ヲ持タナイ。

人間ハ次第ニ進歩スル。歩クダケデハ気ガ済マズニ、彼等ハ様々ノ車ヲ発明シ、遂ニハ歩クコトヲ忘レテシマッタ。飛行機ノ進歩ニ伴ッテ、彼自ラ空ヲ飛ンダだいだろすノ夢ヲ忘レテシマッタ。人間ハ次第ニ虚弱ナ生キ物ト化シ、ソノ手ヤ足ヲ用イテ自ラ食物ヲ探シ獲物ヲ捉エル術ヲ知ラナクナッタ。人間ハ、セメテ機械ヲツクルコトデ空シイ反逆ヲ試ミルコトノ他ニハ、タダ甘ンジテ運命ヲ受ケ入レルダケダ。人間ニ対シテ、或イハ人間ヲ創ッタ神ニ対シテ、何ガ出来ルトイウノカ。神ハ恐ラクハ暗闇ノ中ノツレヅレヲ慰メルタメニ、彼ノ人形トシテノ人間ヲ創ッタダケダ。ソシテ人間ハ、神ニトッテ不可能ナ方法デアル自殺ニヨッテシカ、神ニ反逆スル術ヲ知ラナイ。シカシ自殺ハ明カナ敗北ナノダ。ソレハ運命ニ対シテ何ノ足シニモナラナイ。

モウ一度、だいだろすノヨウニ、空ヲ飛ブコトヲ試ミタナラ。人間ガ翼アルモノトシテ空中ニ舞イ上リ、神ノ意識ヲオビヤカスコトガ出来タラ。空シイ望ミダ。シカシアラユル望ミハ、ソレガ嘗テ空シクナカッタコトガアロウカ。人ハ常ニ嗤ウ。だいだろすモ嗤ワレタダロウシ、らいと兄弟モ嗤ワレタ。モシ人ガイツカ自分ノ翼ヲ持チ、ヤスヤスト大空ヲ翔ルコトガ出来ルナドトイッタラ、狂気ダト嘲ラレルノガ落ダロウ。シカシ僕ハソウハ思ワナイノダ。

ソレハ何万年モ何億年モ先ノ夢ダ。機械文明ハ限度ニ達シ、人類ハ幾度モ泯《ほろ》ビテハ生キ返リ、最早新シイ発明ナンカ考エルコトモ出来ナクナッタ遠イ先ノコトダ。人間ノ身体ハ次第ニ変化スル。不要ナ器官ハ退化シ、有益ナ器官ハ進化シテ、我々ガ現ニ見ルノトハ違ッタ肉体ヲ持ツヨウニナル。脚ハ殆ドナクナリ、ソノ代リニ腕ハ大キク広ガッテ翼ノヨウニナルダロウ。ソノ形ハ滑稽ダロウカ。イナ、鳥ハ今デモ人間ヨリモ百倍モ美シイノダ。人間ハソノ時、翼ト化シタ腕ヲ軽ク動カスダケデ、自由ニ大空ヲ飛ビ廻ルコトガ出来ル。澄ミ切ッタ大空ヲ人間ガ飛ビ交イ、鳥ト共ニ歌イ愉シムコトガ出来ル。ソノ時、人間ハ天使ダ。イナ人間ハ神ダ。人間ハ腐敗シタ文明カラ、遠ク遙カナ原始ニ、ソレモあだむトえば以前ノ原始ニ、戻ルコトガ出来ル。ソレガ人間ノ新シイ夜明ナノダ。

夜が全く明け、漲り渡る光線が窓硝子を通して空に充満した。しかし彼はその空を見詰めることを不意に止めた。彼はゆっくりと身体を動かし、また初めの、仰向けの姿勢に戻った。部屋の中は既に明るくなり、彼の眼は天井の白い電燈の笠に注がれた。彼は惨めな、生気のない、蒼ざめた表情をしていた。

不意にドアが開き、検温器を幾本も入れた筒を手にして、看護婦が部屋にはいって来た。彼の表情が少し動いた。看護婦は一本の検温器を取って彼に渡し、彼のその同じ手を軽く握って脈を診た。この看護婦はいつも怒ったような顔をしていて、余分な口を利かなかった。それでも彼の脈を取り終って表に記入すると、窓に近づいてそれを開き、それから素早く部屋を出て行った。彼は検温器を口に銜《くわ》えた。

涼しい風が開いた窓から吹き込んだ。直接に朝の空が彼の眼に映った。彼は枕の上で首を横に向けた。

明るい空だったが、透明な、澄み切った蒼空ではなかった。その空は曇っていた。一面に雲が覆い、ぼんやりした明るみが空間をふくらませているだけだった。窓に区切られた空間はただ一面の空で、その下の端に、僅かに、遠くの方の街が見えた。灰色のビルや倉庫や煙突が、靄のようなものに包まれて霞んでいた。寝たままで見えるのはそれだけだった。大部分の空と僅かばかりの鉛色の街。

彼は右手を蒲団から出し、首を反対の右側に向け、床頭台の抽出を明けてそこから小さな手鏡を取り出した。それは彼の玩具みたいなものだ。彼は手鏡を握った右手を、高く自分の顔の上に翳《かざ》した。勿論、自分の顔を見るつもりではなかった。そんなものは見たところで何の役にも立たない。手鏡の面は傾斜し、寝たままでは見られない風景を、卵型のスクリーンの上に生き生きと映し出した。

街を、そして家々の屋根を、その上を掠め飛ぶ精霊のように鏡の面が吸収した。朝の目覚めた街。小さな開いた窓の中に、小人のような人間の姿を認めることもあった。鏡が更に遠くへと翔って行くにつれ、靄が濃くなり画面が次第に生気を喪って単調な灰色となった。やがて鏡は河を映し出した。大きな河が、その手前側は建物の蔭に切り取られ向う側は墨絵のように黝ずんでいたが、一筋の蒼ざめた帯のように流れていた。彼は鏡の面を更に傾けて河の流れを追って行ったが、やがてそこに懸る橋のところで、風景は終ってしまった。部屋の中の窓枠が映った。僅かに橋の欄干が端の方だけ遠くに見えた。

彼は頭上に翳していた右手を蒲団の上におろした。その手はしびれ、手鏡の把手は汗ばんでいた。窓の外の風景も、それが手鏡の中に映し取られた限りでは、虚妄の風景というにすぎなかった。窓の向うに河があり橋がある。しかし彼はそれを肉眼で見たわけではない。ちょうど彼が、未来をその肉眼で見たわけではなかったように。

看護婦がドアを明けて再びはいって来た。彼は口に銜えていた検温器を渡した。看護婦は機械的に頷き、ちびた鉛筆で検温表に記入し、片手を振って検温器の温度を下げるとそれを筒の中にしまいこみ、それから滑るように部屋を出て行った。

彼はいま広い通りを歩いて行く。夕暮の街のそこここにネオンサインの明りがふえて行く時刻だ。この通りは賑かで、勤め帰りのサラリーマンや女事務員がぞろぞろと歩いている。自動車がひっきりなしに走るし、時々はのろのろと電車も通る。

彼は周囲に眼もくれずに歩く。時を置いて彼の眼は、都会のこの大通りの上に永遠の静けさを湛えている夕焼空の方に移る。ビルの窓という窓が、夕陽を受けて一斉にきらりと光る。しかしいつまでも空を見詰めてはいられない。歩道の上を行き交う人の波が、彼にぶつかり彼を押しのける。ざわめきが彼を包む。夕暮の街は活気に溢れている。まるで迫って来る夜にせきたてられてでもいるように。彼もまた、何かにせきたてられてでもいるように、急いで歩く。

交叉点を二度ほど横切る。すると人通りが見る見る少くなる。昔ふうのどっしりした店が多くなり、けばけばしい洋品店や喫茶店や映画館の代りに、呉服屋や汁粉屋や大衆酒場が眼に入る。ビラ屋とか漬物問屋とかの古風な店もある。町工場や倉庫などがふえ、街の感じがいつの間にか変って来る。自動車ももうあまり通らない。彼は黙々と歩いて行く。次第に一種の湿っぽい空気が感じられて来る。通りの先がゆるい傾斜をなして登りになっているのが見える。黒っぽい鉄の柱が見えて来る。そこは橋だ。彼は橋に向って歩いて行く。

廻診が終り、医者や看護婦がひとかたまりになって旋風のように部屋から出て行ったあとのドアを、彼はまだ見詰めていた。いつもと同じだった。その診断によって何の新しい発見があるわけでもなく、何の新しい未来が予想されるわけでもない。最後の看護婦が出て行ったあとで、ドアは再び冷酷に鎖された。彼は一人だった。部屋の中に明るい午前の光線が充ち溢れても、彼を慰めるものは何もなかった。

砂丘ノ上ニ腰ヲ下シテ、彼ハヒトリ海ノ方ヲ見テイタ。春ラシイノドヤカナ海ガヒロガリ、水平線ノアタリハボンヤリト煙ッテイタ。彼ハマダ小学生デ、生キ生キシタ表情ヲ浮べ、眠タゲナ海ノ上ヲ眺メ廻シタ。波ハ絶エ間ナク岸ヲ洗イ単調ナ響キヲ繰返シタ。

鷗が数十羽モ群ヲナシテ沖デ輪ヲ描イテイタ。ソノ中ノ一羽ガ素早ク波ノ表ヲ掠メルヨウニ下リ、次ノ瞬間ニハ再ビ蒼空高く舞イ上ッタ。砂浜ノ方ニ近ヅイテ来ルノモイタ。ソウイウ時ニ、彼は灰色ヲシタ巨大ナ翼ト尖ッタ口トヲ、スグ近クニ見ルコトガ出来タ。翼ガ空気ヲ打ツパタパタトイウ音ヲ聞クコトモ出来タ。鷗ハ、彼ガ砂丘ノ上ニ腰ヲ下シテイルノヲ見ツケルト、驚イタヨウニマタ沖ノ方へ引キ返シタ。

彼ハ厭キモセズニ鷗ノ飛翔ヲ眺メテイタ。鷗タチハユルヤカナ風ニ乗ッテ、翼ヲ動カサズトモ楽々ト空ヲ飛ビ廻ッテイタ。彼ハ考エタ。ドウシテ鷗ニハ出来テ僕ニハ出来ナイノダロウ。彼ハ立チ上リ、砂丘ノ一番高イ端ノトコロマデ行ッタ。ソコハ小高イ丘ニナッテイテ、大人ノ身ノ丈ヲ二ツ重ネタ位ハ砂浜カラ高ク盛リ上ッテイタ。彼ハ眼ヲツブリ、勢イヨク飛ンデミタ。身体ハ横ザマニ傾イテ下ニ落チタ。

彼ハモウ一度繰返シタ。今度ハ両手ヲヒロゲ、ピョント跳ネルヨウニシテ飛ンダ。落チタハズミニ身体ガ転倒シ、冷タイ砂ガ頬ペタヤ手ニコビリツイタ。彼ハキョロキョロトアタリヲ見廻シタガ、幸イニ誰モ見テイル人ハイナカッタ。タダ鷗タチガ、異様ナ叫ビ声ヲアゲナガラ、沖ノ方カラ彼ヲ見テ嗤ッテイタ。彼ハ屈辱ヲ感ジタ。ナゼ人間ハ飛べナイノダロウ。彼ハ両手ヲ擦リ合セ、ツイデ頬ペタノ砂ヲ払ッタ。イツカハ飛ビカタヲ覚エテヤロウ。覚エテシマエバ、泳グノト同ジクライ簡単ナコトニ違イナイ。

彼ハ毎日砂丘ノ上カラ飛ビカタノ稽古ヲシタ。彼ハソレヲ誰ニモ告ゲナカッタ。ソレハ彼ヒトリノ幼イ秘密ダッタ。タダ、ソノ秘密ハ決シテ解ケルコトガナカッタ。ソノ秘密ヲ鷗タチハ決シテ彼ニ教エナカッタ。

彼は仰向きに向きを変えた。人はただ歩くだけだ。しかも彼は歩くことさえも出来ないのだ。彼の両脚は、腰から下は、痺れたまま何の感覚もなかった。勿論、人間は飛ぶことは出来ない。それは人間が必ず死ぬのと同じほどの自明の理だ。部屋は狭く、彼はベッドの上で一人きりだった。昔、まだ小さくて砂丘の上で飛びかたの稽古をする秘密を持っていた頃も、彼はやはり一人きりだった。しかしその頃、彼の窓は未来に向って開かれていたのだ。

彼は自分の身体が揺れるように感じた。彼が現に寝ているこの部屋は、八階建のこの病院の八階にあった。もしも横にひろがったこの建物の空間というものを考えずに、ただ垂直に、彼の身体の占めている部分だけを垂直に切り取るとするならば、彼は何という高さにいることだろう。地上から八階の高さ。もしもこのベッドがなく、このフロアがなく、彼の身体だけが空間に浮いているとしたなら、彼の身体が風に吹かれながら空中に漂う鳥のように揺れているのも当然だった。彼は揺れている自分を感じた。ベッドもなくフロアもなく、周囲の壁や天井もなく、ただ透明な空気の中に漂っているような気がした。しかしそれは錯覚だった。彼の身体を揺り動かしていたものは、大空の爽かな大気ではなく、彼の内部にあるこの異様な不安にすぎなかった。

彼は遂に橋に達する。少しずつ登りになったその橋の上を、手摺に沿って、中央部の方へ歩いて行く。ほぼ中央の高みに達して、彼は手摺の上に両手を置き、河下の方を眺める。大きな河だ。河の水はどんよりと濁ったまま、物憂そうにゆっくりと流れている。もう日は殆ど暮れかかり、右手の地平線はるかの屋根屋根の上に、驚くほど巨大な火の球が、上半分は赤く、下半分は黄色に近い橙色に変色して、最後の耀きを迸《ほとばし》らせている。火の見の塔のようなものが、その赤い球の中に埋まっている。夕陽の溜息のような光線が、屋根屋根を越えて、河の水面にきらきらと映る。

河下の遠くに幾艘かの船が夕靄の中を漂う。両岸にも舫《もや》っている船が何艘か見える。それらは何れも小さい。薄すらと煙を上げている船も見える。夕陽の射し込んでいない部分はもう薄暗く翳り始めている。電燈の光が滲《にじ》むように幾つか水に映っている。どこかで汽笛が鳴り、続いて他の汽笛がそれに声を合せる。

彼は眼を起し汽笛の方向を探る。河下の方の遠くに、彼は工場らしい灰色の建物と煙を上げている幾本もの煙突とを認める。彼の眼は河岸に沿って、品定めでもするように、一つ一つの建物を見て行く。そして一番背の高いビルのところで動かなくなる。やはりあれだ。実は彼がこの橋に来てこの手摺に手を置いた時に、真先に見つけたのがそのビルだった。そのビルがあることに安心して、彼の眼は、河の流れや、沈んで行く太陽や、沿岸の建物や、船や、遠くの工場の煙突なんかで遊んでいたのだ。そのビルは一目見れば分った。それは病院だった。

今や彼は河沿いの汚れた風景の中で、その建物だけをじっと見詰める。それは清潔で、質素で、重々しくて、墓のように白く塗られている。夕暮の空の中に一際高く聳えている。幾つもの窓が縦にも横にもきちんと居並び、まるでそこから生気を吸い込む無数の鼻孔を持つ怪物のように、或いはまた無数の眼を持つ怪物のように、見える。その眼は開かれたのもあればぴったりと閉じられたのもある。それは永遠の不可解な謎を問い掛ける都会のスフィンクスのようにも見える。

彼は何の感情も浮べずに、冷たい手摺の上に両手を置いたまま、いつまでもその建物を見詰めている。撃たれた鳥のように、地に落ちた隕石のように、彼の姿は動かない。

彼は身体の左側を下にして窓の方を見詰めていた。開いた窓の向うに、刻々に暗さを増して行く空が見えた。それは黄昏の薄明りを雲の襞の間に残して、ゆっくりと動いて行く雲だ。さっき迄はまだ赤みが残っていた。今は死んで行くだけだ。そしてもうじき夜勤の看護婦が様子を見に彼の部屋のドアを開き、この窓を締めて行くだろう。

彼は窓の外を見詰めていた眼を室内に移した。明るみに馴れた眼は部屋の中を暗く、そして狭く感じた。鎖された部屋の中で、ベッドの上に固定されたまま、彼は一人だった。彼はぽんやりと壁に出来たしみなどを見ていた。

彼は自分の身体が揺れるように感じた。それはベッドの上で不気味に揺れた。彼は身体の向きを変えて仰向けになってみたが、揺れるのは止まなかった。その時、天井に細い亀裂が走った。その黒い裂目は次の瞬間に見る見る大きくなった。身体が、ベッドごと、放り出されはしないかと思われるほど、がくんと揺れた。天井にも、壁にも、無数の亀裂が走った。

地震だ、と彼は感じたが、しかしそれは地震よりももっと恐ろしい何かであるように思われた。彼の内部の不安な感情が息苦しいほど胸を締めつけた。凄《すさ》まじい音を立てて壁が砕けた。窓硝子が微塵に割れ、窓枠が押し潰されて奇妙な音を立てた。天井が中央から二つに割れ、彼の身体の周囲にコンクリートの細かい破片が音を立てて飛んだ。そして割れた天井に、ぽっかりと空が覗いて見えた。夕暮の、次第に暗闇を増しつつある空が。

その時、無数の声が湧き上った。今や彼は遠くでざわめいている一つ一つの叫び声を聞き分けた。

「大変ダ、地球ガ泯ビルンダ。」

「オシマイダ、駄目ダ、ミンナ死ヌンダゾ。」

「地球ガ壊レテ行クンダ、引力ガ無クナッテシマッタンダ。」

「助ケテ、身体ガ浮クワ、ドウシタッテイウノ、ミンナ浮ブワ、アアドウシタライイノ?」

彼もまた身体が浮き上るのを感じた。ベッドの上に重たく乗っていた筈の彼の身体が、今やゆっくりと空中に浮んだ。そのあとを追うように、ベッドもまた宙に漂った。彼の身体は、天井の大きな裂目を通って、ふわふわと空中にさ迷い出た。

コレダ、コレガ僕ノ待ッテイタ未来ダ。彼は夢中になって周囲を見廻した。浮いている。あらゆる物が宙に浮いている。壁やコンクリートの破片、柱、鉄のベンチ、ベッド、そして更にはそっくりそのままの家も、壊れかけた建物も、自動車も、無数の人も、樹も、街燈も、みんな空を漂っている。彼は更に眼を下に向けた。何という渾沌だろう。今迄は都会だったところに、縦横に亀裂が走り、地面が割れ、引き裂かれ、砕かれて、それらは次第に浮き上りつつある。河もない。水は四散し、火もまた四散して、燃えながら浮き上って来る建物もある。火と塵芥と土とが地球の表面を覆い、すべては刻々に昇って来る。

コレハ終リノ日ダ。終リノ日ニ、引力ハナクナリ、地球ハ粉々ニ砕ケ、宇宙ノ中ノ塵トナッテ消エ失セテシマウノダ。ソシテコノ瞬間ニ、人間ハ初メテ空ヲ飛ブコトガ出来ルノダ。何ト自由ニ、ヤスヤスト、身体ガ宙ニ浮クコトダロウ。何トイフ自由ダロウ。

彼は身軽く身体を動かして、右側や左側やまた下界の方を見た。空を漂う人たちは、彼ひとりをのぞいて、みな悲しげに絶叫した。物凄い大音響が下界で轟き、夜の中に火と土と水と物との入り混るアマルガムが四散した。しかし空気もまた、素早く重力の制約を逃れて、上へ上へと飛び去りつつあった。彼は次第に息苦しさを感じ始めた。コレガ空ヲ飛ブコトノ代償ダッタ。空気のない、冷結した、虚無の空間を、地球のさまざまの破片と共に、彼の死骸も漂い流れた。

今や彼は手摺に凭れて病院の無数の窓を眺めている。夜が次第にその窓に這い寄る。閉じられ、カーテンを締めてしまった窓の方が多くなる。河の水に映る灯影もその数を増す。遠くの河下の方はもう何も見えない。しかし彼の視線はまた病院の建物に戻る。僕ハ魂ヲアソコニ置イテ来タ。彼は何かを期待するかのように、幾つかの窓の一つから眼を離さない。

やがてその窓の一つに、小さな人影が見える。豆粒のように小さな男だ。その男は窓から外を眺め廻す。この橋の上にいる彼の姿が見える筈はない。しかしその男はしげしげとこの橋の方を見ている。その男は窓から身体を乗り出す。ああ次の瞬間に身を投げ出す。

落ちない、しかしその男は落ちない。飛んでいる。軽やかに空中を飛んでいる。それを見ている彼の顔に初めて会心の微笑が浮ぶ。何と気持よさそうにその男は空を飛んでいることか。両手を広げ、次第に橋の方に近づきつつある。口に微笑を浮べ、眼を大きく見開き、空ざまに見上げている彼の方へ、空を飛ぶ男の姿は刻々に大きくなる。

樹

彼は大きな硝子窓の前に一本の樹の幹のように立ち、表の風景を眺めていた。床から天井までを占めるこの大きな窓は、室内の暖気のためにうっすらと曇って外部の風景を明らさまに見せてはいなかった。外では雨が降り出したらしい。銀杏の並木に面した通りの二階で、窓の外に枯れ枯れの葉の残った銀杏の樹々が黙然と並び、ところどころに燈が霧雨に煙っていた。それらの燈は、よく見れば酒場の名前や広告燈の文句を告げていた。しかし彼はさっきからこの窓の前に立ったまま、特に何を見詰めているというわけではなかった。後ろには室内の眩しい光線があり、その光線に照された彼自身の作品が並んでいる筈だった。しかし今や、彼はそのことさえも信じなかった。眼の前に夜を湛えた窓があり、その厚い硝子の層が表の通りと彼とを遮断しているように、彼の背後にも、いな彼の周囲にぐるりと、空気さえも通さない透明な、重たい、厚ぼったい層があるに違いなかった。彼はそれに触ってみた。冷たいぞっとするような感触が、彼の手に伝わって来る。それは彼の心だったのだろうか。彼の手が触るとそれはばらばらに崩れ、音を立てて虚無の底へと沈んで行ってしまった。

客のいない、がらんとした画廊の中だった。彼の作品が三方の壁を埋めて、その一つ一つが窓に立つ彼の姿を見詰めていた。まるでそこにいるのが、自分たちと同じ抽象的な色と線とからなる物体ででもあるかのように。

空気は重苦しく澱んでいて、彼がひっきりなしに喫っている煙草の煙と、絵具油の咽《む》せるような臭いとが部屋の中に籠っていたが、彼はそれに気がつかなかった。狭いアパートの一室で、天井の中心から紐で引張って片側に寄せられた電燈が、いやに煌々とまぶしく、貧しい部屋の片側だけを照していた。というのは、部屋の隅から隅へと紐を張って生乾きの洗濯物がぶら下っていたし、おまけに電燈の笠に黒っぽい風呂敷がかぶせられて、部屋を明暗の二色にくっきりと区分していた。明るい方の側には壁に向ってカンヴァスが立て掛けてあり、ミシンもその範囲内にあった。半陰影をなしている部屋の隅には蒲団が敷かれ、子供がもうとうに眠っていた。

それはどの一日と限って異っているわけではない生活の中の平凡な風景だった。彼はこうして台所つきの一間しかないアパートに、妻の信子と小さな娘のエミ子と共に暮して来た。このアパートに来る前には、妻の両親の家にいたこともあるし、療養所にいたこともある。しかし生活というものは、この狭い部屋の中で、親子三人が幸福に暮すことから始まったような気がする。どの一日も大して異っているわけではなかった。昼の間は彼は或る宣伝社に勤め、ポスターや図案などを描き、レイアウトや割りつけなどをもし、その間に妻はこの部屋で洋裁のミシンを踏み、エミイは表でおてんばをして時々は泣いて帰って来る。夜は夕食のあとで彼は絵を描き、妻は依然として頼まれものの洋裁に精を出す。子供は早く寝る。

もしもその晩、何かがいつもと変っていたとしたなら、それが個展の始まる日の前の晩で、どうしても仕上げなければならない絵と彼が取り組んでいたことだろう。その晩、——と今さらのように振り返ってみるのだが、それはほんの数日前のことにすぎず、またその晩、特に記憶に残るようなことが起ったわけではない。彼自身が如何に思い出そうとつとめても、その晩の彼の言動にも、また信子の反応にも、格別の意味があったようには思われない。しかし彼女は今朝明らかにこう言ったのだ。

「どうしてなのか人に分ってもらえないこともあるんじゃないかしら。個展の始まる日の前の晩だった、その考えが私に取り憑いて離れなくなってしまったのよ。」

その時は彼もまた考えていた。しかしそれはごく単純なことで、殆ど思考の形をなしていなかった。意識は停滞して、一つの中心のまわりを往ったり来たりしながら、恰も一つの線で囲まれた物体を塗り込めている色彩が、その輪郭をはみ出して他の色彩と混り合うように、時々中心から泳ぎ出したというにすぎなかった。中心だけは意識の中に鮮かな色彩に塗られているが、色の重なり合った部分はもう分析することが出来ない。或る一つのことに熱中している際に、意識がその周辺にさ迷い出るとしても、人はもうその記憶を明らかに指折り数えることは出来ないだろう(ほんの数日前のことでも)。しかしそこ、輪郭を外れて色彩の混り合ってしまったその部分こそが、単純化された生活の意識、つまりその人間の内部そのものを形づくっているのだ。

子供が咳をした。

彼は小さな皿を幾つも膝の前に並べ、今しもその一つに多量の絵具をチューブから搾り出し、油を加えながらペインティングナイフで捏ねまわしていたが、子供の甲高い咳の音に振返った。エミイは漸く風邪が癒ったところで、そのことも彼の意識のうちに影を落していた。子供は勢いよく寝返りを打ち、眼を覚ますこともなくまた眠ったらしい。妻がミシン台から立ち、子供の蒲団を直しに行くのを見て、彼は安心して自分の気持に戻った。

「あなたまだおやすみにならない?」

彼は絵具皿の中で丹念にナイフを捏ねていた。カンヴァスを睨み、ナイフにすくい取った絵具を勢いよく画面に押しつけ、薄く引き延した。

「お茶でもいれましょうか?」

さて、その時彼が考えていたのは何のことだったのだろう。中心にあるのは彼の眼の前の絵のことだ。しかしそれはカンヴァスのどの部分にどの色を置こうとか、どこをどう変えようとか、乾きがどうとかいうような、専門的な関心ではなかった。そういうものは無意識に頭脳に浮んで来るので、もう二十年近くも絵を描いていれば、それは考えるという範囲には属さなかった。彼の描くものが抽象絵画であるように、彼の意識も抽象的な主題をめぐって往ったり来たりした。

幹《みき》をなしていたのは、彼の絵が彼という人間に対して持っている意味だった。彼、——彼は学業を中途で止め、好きな絵を描くことに熱中した。その彼がもう二十年近くもこの一筋の道に縋りつきながら、依然として貧しい無名の画家にすぎず、嘗て一枚の絵も売れたことはなく、今迄に二度ほど開いた個展も何等の反響を呼ばず、常に病気と生活とに追われて苦しんでいるのは何のせいなのだろうか。それは彼が親の意志にそむき、自ら窮乏の道を歩み、性来の人嫌いと頑固さとを失わず、進んで人に頭を下げることをしなかったためなのか。彼が一人の若い娘を愛し、結婚し、彼女と子供とのこの生活を大事にしながら、しかも自惚にも近い自信を持って自分の芸術に励んで来た、そこに何等かの矛盾があったのだろうか。しかしそのように僕は出来ている、——そう答えるほかには答えようのないもの、それが常に彼の思考の中心に蹲り、カンヴァスに向って、ここに自分があると言いながらせっせと筆を動かす原動力になっていた筈だ。

しかし幹から出た最も大きな枝は、彼が明日は個展を開き（たとえ僅かに五日間の会期しか与えられていないとしても）、そこに出品すべき最後の作品をぎりぎりのこの晩まで描いているという自覚だった。どうせ大した批評家が見に来てくれることもないだろうし、紹介記事が美術雑誌に出ることもないかもしれない。しかしどうしても自分の気の済むだけのもの、せめてこの最後の一枚だけは自分自身に納得の行くものが描き上げられなければならない。そこから枝が拡がって行き、僕という人間に意味がない限り僕の絵にも意味はないのだ、という病葉《わくらば》の残った細い枝々が暗い夜の空間に触れて微かな音を立てた。僕という人間の意味、それは空間に呑まれてもう返って来ない木霊《こだま》のようなものだ。

「ひどい煙草のにおい、ちょっと窓を明けてもいいでしょう？」

妻がお茶の仕度を卓袱台の上に置き、窓を明けると、霧のような冷たい空気が室内の澱んだ空気を吹き払った。彼は背伸をして立ち上り、窓の方へ歩いて行き、外を見た。

泣き出しそうな曇った夜空には星一つ見えない。眼の下は狭い空地になり、そこから人通りのない小路が透いて見えるが、一つだけ街燈がぽつんと乏しい光を投げ掛けているばかり、その向うには町工場の汚らしい壁と屋根とが黒々と蹲《うずくま》っている。何度も見、そのたびに何かが不足していると感じる風景だ。夜と、夜に圧しつぶされたよごれた町。

「あまり窓を明けておくと、この子がまた咳をするわ。」

彼は窓を締め、卓袱台の前に坐った。信子は描きかけのカンヴァスの方を見詰めていた。

「この絵もお出しになるの?」と訊いた。

「ああ。明日の朝持って行くつもりだ。それだけスペースが明けてあるんだ。これが一番新しい作品だし、何しろ数が少いから一点でも多くと思ってね。」

「お勤めと一緒じゃ絵を描く暇もないわねえ。」

「そんなことはしかたがないさ。」

「お勤めの方はどうなの、お休み頂けるの?」

「大抵大丈夫だ。とにかく明日は一日詰めている。お前もエミイをお母さんの家にあずけて来ていておくれ。」

「そうねえ。」

「僕は会期の間じゅう会場に詰めているわけにはいかないから、お前が留守にいてくれると心強いんだ。」

「私なんか役に立たないわ。エミイだってまだ風邪がよくなったばかりだし。」

そうした会話の間に彼女は何を考えていたのだろう。もしも誰かがそこにいて二人の会話を聞いていたならば、貧乏な画家が個展の前の晩に気力をふるい立たせていることには気がついても、その妻が心に何を思っていたかは遂に分らなかったに違いない。夜おそくお茶を飲んでいる二人の夫婦、妻というものは日常の中では空気のように透明なのだ。しかし彼は、それに気がついてもいい筈だった。

「何だか熱がないね？」と彼は言った。

「そういうわけじゃないの。」

信子の微笑には馴れていた。少し寂しそうな翳のある微笑、白い歯がちらりと見えた。しかし彼が望んでいたのはもっと明るい、もっと悦ばしい、溢れるような同意と期待だった。何と言ってもこれが彼のやっと三度目の個展なのだ。絵を描き出してからもう二十年に近い。結婚してからもう十年が過ぎている。

「君にも苦労を掛けたけど、これで芽が出るかもしれない。」

「苦労なんかどうでもいいのよ。どうせ承知で結婚したんですもの。でも早いものね、もう十年ね。」

「僕もいまそれを考えていた。」

「エミイを生んだのはやっぱり失敗だったわね。」

「馬鹿なことを言っちゃいけない。」

彼は機嫌を悪くした。その話題はタブーの筈だった。二人は若く結婚して悪戦苦闘の数年間を過した。そして彼は健康を害し、療養所で三年間暮し、退所してから信子の両親の家に転り込んだ。子供が出来たのはその時期だった。一体何が彼を、そして彼女を、そのことに踏み切らせたのだろうか。子供をまじえた平凡なしかし幸福な家庭というものが、それほど魅力的で彼等を誘惑したのか。人並な暮しが出来るだろうという目算があったのか。しかし彼等が独立してこのアパートに移り住んでから、生活は少しも楽になったとはいえず、絵を描く時間さえも次第に失われた。しかしそれは子供のせいである筈はなかった。

「私たち、二人きりで散歩したこともないわねえ。」

思い出したように彼女がそんなことを言い出した時に、ふと失われた時間が戻って来た。昔、――例えば療養所に彼が寝起きしていた頃、或る洋裁店に勤めていた信子がお休みの日になると見舞いに来た。手術の予後を養って退所も間近になった頃は、二人はよくこっそりと病室を抜け出し、秋の深まって行く雑木林の間を一緒に散歩したものだ。その頃、信子はこういうふうに暗い顔はしていなかったような気がする。未来の計画を語り合い、新婚時代の夢を繰返し、新しい出発が退所と共に始まるつもりでいた。雑木林を渡る寒い風に、ぴったりと身体と身体とを倚り添わせていたものだ。

「この絵まだ終らないの？　もう遅いし。」

「うんもう少しだ。ちょっと仕上げが残っている。お前は先におやすみ。」

「私、少し話したいことがあるんだけど……。」

彼は顔を起し、きつい表情になった妻を見た。微笑を浮べれば優しい女らしい顔立ちになるのに、真面目な表情の時には取りつく島もないような冷たさが漂う。微笑を含んだ顔と、冷たい取り澄ました顔と、どちらが素顔でどちらが仮面なのか、そういう時に彼はふと他人を感じた。

「何だい？」

彼女は例のように微笑した。不可解な微笑、しかしその時は彼に、その微笑が何でもないのよ、詰らないこと、と言っているように見えた。彼は今までに幾度この微笑を見たことだろう。結婚する前にも、結婚してからも。その度に彼はそこに信頼と尊敬とのあらわれを見た。自分を愛していることの証拠として見た。

「何か大事なこと？」

「ええ、でも明日にしましょう。あなたはまだお仕事でしょう？　私は先にやすむわ。」

それで終りだ。彼はまたナイフを取り上げカンヴァスに向った。背後で妻がそっと動いている気配を感じながら、彼の意識はこの最後の一枚の仕上げに集注した。それが一本の樹の幹だった。しかし彼が気のつかなかった枝々も、夜の空間の中に手を拡げていたのではなかっただろうか。

彼は大きな硝子窓の前に立ち、銀杏の並木のうちの一本が、すぐ眼の前にあるのを見ていた。硝子が曇っていたから、葉の少い、枯れ枯れとしたその樹の姿を、明らかにすべて眼に入れていたわけではない。画廊の中の照明が硝子窓を通してそこに差すばかりで、それは暗い横通りに薄ぼんやりと亡霊のように見えた。しかし彼はそこに、この硝子窓の向うに、この一本の樹に、黙然と立って自己の存在を主張するものを感じないわけにはいかなかった。それは幾本も幾本も並んだ並木の中のたかが一本というにすぎない。都会の道路の端に、邪魔物扱いをされながら、ひねこびて育っている樹。秋の終りに葉は黄ばみ、風が吹くたびに一枚ずつその葉は散り、舗道に落ちて靴の底に踏まれ、枝は寒々と夜の中に手を差し伸べ、雨に打たれながら、しかもこの威圧する暗黒の天に向って、幹だけはすっくと立っているもの。

枝々。——今や彼は絵のことは考えなかった。問題は幹ではなく枝、絵ではなく妻のこと、個展の始まる前の晩に、何が彼女をその決心に導いたかを知ることだった。一緒にお茶を飲み、平凡な会話を交した。その時彼は幸福な気持でいた。夜おそくまでカンヴァスに向い、明日は個展だという意識を持ち、妻がミシンを踏んでいる音を無意識に聞き、エミイの咳に心配そうに振り返った、——それは幸福、家庭というものの中にあり、しかも自分は芸術家だという自覚をも同時に感じることの出来る幸福だった。その晩はまだ幸福だった。なぜならば彼はまだそれを知らず、信子は微笑してこの時間が既に変色していることを彼に教えなかったから。

枝々。——療養所にいた頃、彼の生活の時間は妻が訪ねて来るただその瞬間にのみ燃焼した。入口の戸を明け、はにかんだように少し微笑する。娘らしいその動作を見ながら、それが彼の妻であることをどんなにか彼は誇らしく思っただろう。手術の日がきまってそれを彼女にしらせた時に、彼の蒲団の上に身を投げ出していつまでも震えていたその肩。散歩の間の、風に吹かれてそよいでいた頬の上の後れ毛。「待っているわ、いつまでも待っているわ。」

枝々。——彼の父親がこの結婚には反対だと言ったことを彼女に告げている間じゅう、彼の感じていた不安のようなもの、その中には、もしも彼女を失ったらという危惧と、我々の間を割くものは何もない筈だという自信と、独立して世の中に出て行くという悲愴感のようなものとが混っていた。そして彼女は生真面目な顔をして聴き、そんな顔立が少女のような彼女の表情に似つかわしくないことをちっとも知らずに、せいいっぱい大人ぶって、「私、決心したことを変えるような女じゃないわ、」と言った。

枝々。——彼女をまだ識らなかった昔はどうだっただろう。田舎で、日暮れがたに、家の外に出て空を見ていた。あれはおじいさんの家にあずけられていた頃、まだ小さな子供の時分だった。太陽が西の山に沈もうとして、空が一面に燃え、鱗雲の一片ずつが火花をあげながら流れていた。何という美しい空、気の遠くなるような光と色との微妙な変化。「夕焼小焼で日が暮れて……。」ああその頃でも、彼の心のどこかに既に信子という者が住み、彼と共に思い、彼と共に呼吸していたのではなかっただろうか。「夕暮は雲のはたてに物ぞ思うあまつそらなる人を恋ふとて。」後にその歌を知って、彼はそれをあの子供の時代から覚えていたような気がしてならなかった。彼の生涯をずっと溯っても、彼は信子のために生れ、彼女と暮すためにのみ生きて来たような気がする。

枝々。――しかし何かが、彼がどうしても探り当てることの出来ない何かが、虚無の中にひっそりと枝を延し、揺れ、悶えていた。たとえ彼がその時知っていても、もうどうにもならなかったものが。

彼は硝子窓の向うの銀杏の樹をもっとよく見ようとして、一歩近づいた。蒼ざめた顔が浮んだ。しかしそれは彼自身の顔が硝子に映っているのだ。

もう一つの顔がその顔から分離し、誰かが彼の後ろから声を掛けた。

彼がそのカンヴァスを仕上げ、署名を入れ終った時に、夜がもうひどく遅いことはあたりの静けさからも分った。近くを通っている電車もとうに運転を終り、犬がさみしげに遠くの方で吠え続けていた。彼は出来上った絵をしげしげと見詰め、大きな溜息を吐いた。膝の前に散らばった絵具箱やパレットや皿や筆などを片づけるだけの気力もなかった。これが幹《みき》だった。これが彼という人間の根幹から生れ出た作品だった。それに満足しても満足しなくても、彼は絵を描くために生れ、そのために生きて来たのだ。エミイは眠っているだろうし、信子も寝たださろう。しかし彼は起きてこの絵を描き、充足感を覚え、疲労を覚え、彼の張りつめていた意志が柔軟に溶けて行くのを感じて、幸福だった。ここに僕の世界がある、と彼は思った。この色と線とからなる抽象の中に、彼の世界があることを信じることだけが、唯一の意識となって残った。

彼は冷たくなった茶を飲み、手洗いに立ち、着替を済ませ、電燈のスイッチを引いて子供のための薄暗い終夜燈に切り換え、それから蒲団の中にもぐり込んだ。眠りはすぐに彼を襲った。明日の朝は早く起きて、会場にこの絵を持参しなければならないと、自分に言い聞かせるまでもなかった。彼は取りとめもない幸福な夢を切れ切れに見ながら、深い眠りの中に沈んだ。

彼が知っていたのはそこまでだ。

彼が知らなかったのは、妻が、——とうに眠っている筈だと彼が信じていた妻が、それまでもじっと眼を見開いていたこと、彼が眠ってからも尚も考え、それから寝衣のまま起き上り、卓袱台の前に坐って、頤を埋めるようにそこに凭れていたことだった。近くの通りをサイレンを轟かせながら救急車が走り過ぎた。彼女はうなだれていた首を起し、良人の描き上げたばかりのカンヴァスをじっと見詰めた。生ま生ましい絵具を鮮かに配置したその絵は、睡たげな薄ぼんやりした終夜燈の下で、不可解な暗号のように見えた。彼女はどんな批評家よりも熱の籠った眼付で、様々の記号からなるこの平面を眺めていた。しかし彼女が読み解こうとしていたものは、彼の絵画の秘密ではなかった。それは不可解な彼女自身の心を示すかのように、奇妙に抽象的な存在としてそこにある鏡だった。そこに疲れた獣のような眼をした彼女がいた。そして眼がこの鏡の中に自己を読み取った時に、一しずくの涙が目蓋《まぶた》に浮んでいた。

「やあ君か。」

彼は驚いて相手の顔をまじまじと見た。

「覚えていたかい？　久しく会わなかったね。新聞で君の個展があると知ったものだから、ぜひ見に来ようと思っていたんだが、なかなか暇がなかった。ときに元気かい？」

相手は濡れた傘を手にして愉快そうに微笑した。

「奥さんもお元気？」

彼の心の中を、傘から垂れる水滴のようなものが滴り落ちた。相手は彼の最も古い友人の一人で、高等学校時代に親しくし、彼が信子と結婚する前後に、よく遊びに往ったり来たりしていた間柄だった。療養所にいた頃もよく見舞に来てくれたが、その後は今まで殆ど交渉がなかった。

「よく来てくれた。これっぽっちのものだけど、まあ見てくれ給え。」

彼は友人を案内して画廊の壁の前をゆっくりと歩いた。友人はあまり口を利かなかったし、彼の方も格別説明しようとは思わなかった。ただ最後に、自分で自分に元気をつけるように、これだけ言った。

「この絵が一番新しいんだ。この個展のためにぎりぎりまでかかって描いた絵だ。つまり今迄やって結局これだけのことだよ。」

相手は頷き、まだ絵具の乾いていないそのカンヴァスを暫く見詰めていた。それから部屋の隅にある長椅子に二人とも腰を下した。

「どう思う?」と彼は訊いてみた。

「どうって、僕みたいな素人の口を出す幕じゃないよ。」

友人は微笑し、彼にはその微笑の含む意味を知ることが出来なかった。友人はまだ傘を手から離さず、両手をその握りに掛け、その上に頤を載せていた。この友人は大学を出てから大きな商事会社に就職し、今では有望な地位に就いている筈だった。オーヴァでも靴でも、凝ったものを身につけていた。

「君はいつ頃から抽象画に変ったんだね? たしか療養所にはいる前ごろは、こういう絵じゃなかったね?」

「そう、段々にこういうことになった。」

「僕は君が奥さんを描いたポルトレエを持っているよ。あれは君たちの新婚の頃だったかね、君は奥さんばかり描いていたじゃないか。」

「君のとこにそんな古い絵があるの?」

それもまた、彼の意識から空間に拡がっている枝の一つだった。彼はその頃どんなに夢中になって信子の肖像ばかり描いていたことだろう。絵に対する情熱と彼女に対する愛とが、何と見事に混り合っていたことだろう。今でも、彼が抽象画を描くようになった今でも、それは失われていない筈だった。少くともそう信じていた、この個展が始まる日までは。

「僕は何も流行に乗って抽象に変ったわけじゃないんだ。絵というのはつまり自分の世界をそこに映し出すことだ。自分というものの中にある様々の混沌とした意識を、その中の夢や純粋さや力や音楽や記憶などの色んな要素に分解して、それを別の次元に組み立てることだ。」

「僕にはそういう難しいことは分らない、」と友人は簡単にあやまった。「ただ君の昔の絵はとてもいいものだったよ。モデルの奥さんも綺麗だったけど。」

彼の眼を起したところに、彼の描いた最も新しい作品が懸っていた。それは彼自身の世界だ。しかしその中に信子の姿はない、信子に関係のあるものは何一つない。それは厳密に彼ひとりのもの、彼がひとりで苦労し、発見し、創造した世界だ。それは素人には分らない。批評家にも分らない。信子にも分らない。それならばこの世界とは一体何だろう。

友人は傘を杖にして立ち上った。

「もうそろそろ終りなんだろう。久しぶりだからそこらで一杯やらないか?」

「うん、しかしもう少し待ってみよう。悪いけど。」

「そうか。じゃまた会おう。」

友人は入口の階段を下りて会場を出て行った。彼は立ち上り、また大きな硝子窓の前まで行き、下の銀杏並木を友人の黒い影が素早く過ぎ去るのを見送った。

誰を待っているのか。雨の中をわざわざ見に来る客ももういないだろう。彼もまた帰るべき時刻なのだ、——家庭へ。

銀杏の樹が風に吹かれて枝々をそよがせた。

今朝、食事のあとで信子がその話を始めた時に、彼は全然重大なことだとは考えていなかった。この十年間に彼女がそんな話を切り出したこともなかったし、その平静な表情を見ているとまるで日常茶飯の相談事のようにしか思われなかった。

「私、こういうことを言うのは私の我儘かもしれないことはよく承知しているのだけど、あなたと暮すことを止めようと思うの。もっと早く気がつかなければいけなかったのに、もうこんなに遅くなって。」

彼はその時、開いた窓の側に立ってお天気の具合を見ていた。窓を締めると、鉛色に曇って今にも降り出しそうな空は硝子越しに一層その暗さを際立たせた。

「どういう意味、それ？」

「あなたと別れようと思うの。どうかびっくりしないで頂戴。私もよく考えたことなの、あなたも怒らないでよく考えて。」

彼は窓を背に、信子が卓袱台の前に坐って彼の方を見上げているのを、他人のように見た。エミイが彼女の側で大人しく絵本を見ながら、声を出してたどたどしく文字を読んでいた。

「私たちはもう十年も一緒に暮して来たわね。昔は私も若くて、夢中になってあなたのことを愛したし、そのことを今でも決して後悔はしていない。それは分って頂戴。今だってあなたのことを嫌いじゃない。ただこうして暮していると、あなたも惨めだし私も惨めでたまらないの。それを何と言ったらいいのかしら。暮しが貧しいとか、もっと楽をしたいとか、そんなことじゃない。あなたは私というものにかまけてお仕事も進まない、しょっちゅう苛々して、絵を描く暇さえない。私はそれを見て、やっぱり苛々して、私自身の生活というものを持たない。ひょっとしたら、私たちは全然間違っていたんじゃないかしら。」

「ママ、これは何という字？」とエミイが訊いた。

「それは犬という字。いい子だからひとりで遊びなさい。」

「犬のなまえはポチといいました。ポチは……。」

エミイが無邪気に絵本を読みつづけて行く間に、彼は自分の顔色が次第に蒼ざめ、二人の間の沈黙が抵抗できないもののように壁をつくるのを感じていた。壁の向うで、信子は冷たい緊張した表情をし、眼をきらきらと光らせた。その表情は重たい悔恨のように美しかった。

「どうしてなんだ？　どんな理由があって急にそんなことを言い出したんだ？」

「どうしてなのか人に分ってもらえないこともあるんじゃないかしら。今さらこんなことを言い出して。結婚して十年も経ち、エミイという子供まであって、きっと人が聞いたらあきれるでしょう。私自身にだってはっきり説明することが出来ない。あれはあなたの個展の始まる日の前の晩、つまり一昨々日《さきおととい》の晩だった、その考えが私に取り憑いて離れなくなったのよ。」

「それはどういうことなんだ？」

「分らないのよ、私にも。でもこのままではどうにもならない。もっと自分のために生きてもいいと思うのよ。」

「要するに君は僕という者に愛想をつかした、うだつの上らない貧乏絵かきと暮すことに我慢がならなくなったと言うんだね？」

「そんなに怒らないで。決してそうじゃない。あなたは間違いなく立派な芸術家で、いずれはみんながあなたを認めるようになる、私はそれを信じています。けれどもあなたが家庭というものに縛られ、私とエミイとに責任を持って下さる限り、あなたにはあなたの芸術を延すだけの余裕がない。芸術家というのは貪欲なもので、あたり構わず犠牲にして進まなければいけない筈よ。けれどもあなたは人がよくて、家庭を大事にして下さる、それから私という人間は、犠牲になって暮そうとは思わないような意地っ張りなの。」

「しかし、僕たちは今までどんなにか僕たちの家庭のために努力したじゃないか、そうは思わないかい?」

「そうよ、努力をしすぎたのよ、空しい努力を。考えてみて頂戴、結婚というのは、二人の人間が協力し合って作るものです。もとは他人どうしの二人が、妥協したり譲歩したりして、平和と幸福とを作って行く。けれども一と一とを足して必ずしも二になるとは限っていない。三にも四にもなる夫婦もあるかもしれないけど、足して初めの一にも足りない夫婦もあるのよ。私はあなたのことを言いたいのじゃなくて、この私がどんどん惨めに、小さくなって行くのが耐えられないの。」

「それは君の考え過しじゃないか。子供だっている、僕たちは貧乏だけれど幸福な家庭を持っているんだよ。」

「いいえ、私はそうは思いません。幸福な筈だと自分に言い聞かせて自分を欺いているだけじゃないのかしら。子供があることで勝手な幻影を描く、子供を通して良人を見、妻を見るようになる、そして子供を通して自分を見ているのよ。本当の自分は何処にあるんでしょう。私はこの前の晩、あなたが眠ってから、あなたが今度の個展のために描いた絵を見ていました。それはあなたのもの、間違いなく自分のものだと確かにあなたが言い切れるものです。しかし私のものは何処にあるんでしょう。こんなことを言うのは生意気かもしれない。妻という以上は、良人のために尽しエミイのために良い母であればそれで充分、さとの母だったらそう言うにきまっています。でも私は厭なの、急に厭で厭でたまらなくなったの。」

「しかし、それじゃ君はどうしようって言うんだ?」

「分らないわ。私はもう若くもないし。どうして間違ったのか、何処から間違ったのか、ひとりでよく考えてみたいの。」

再び沈黙が落ちた。エミイは雑記帳にクレヨンで絵を描き始めた。

「間違ったと思っているんだね、僕たちの恋愛も結婚も?」

「そうは思わない。私たちの結婚を後悔しようとは思わないわ。けれども人間って、結局は間違って生きて行くのよ。」

「もしや、……君は誰か好きな人でも出来たんじゃないか?」と彼は急に臆病になって訊いた。

「まさか。そんなことじゃないわ。恋人でも出来たのなら何でもないわ、私だってもっと救われるでしょう。これは、つまり私自身の心の中の病気みたいなものよ。それだから私は怖いのよ。その病気のために、私の成長というものが止り、盲になってしまった。夜中にあなたの絵を見ていながら、私には何も理解できなかった、少しも感激しなかったわ。」

「あの作品は結局は大したものじゃなかった。それに抽象画だから君にとっては難しかったんだろう。」

「いいえ、そういうことじゃない。私には絵が分らないし、それは昔も今も同じことよ。ただ昔は、あなたの絵だけは分っていた、私の心と切っても切り離せないものだった。今はそれが他人の絵のような、ちっとも気持の通じ合わないものになってしまった。それは私が、私自身を見失ったということじゃないのかしら。私はそれをもう一度取り返したいの。もう遅すぎるかもしれない。けれども私がここで妥協したら、もう決して取り返すことは出来ないだろうと思うのよ。」

彼は深い溜息を洩らし、「君の言うことはよく分らない、」と呟いた。

「人には分ってもらえないことなのよ、あなたにだって。強情で、我儘で、自分勝手な女だとあなたはお思いになるでしょうね？」

果してその時彼は何を思っていたのだろうか。身も心も知り尽している筈の妻が、他人よりももっと他人であることを茫然と感じていたのか。それとも、十年前に愛していた頃とは種類の違った美しさを、涙も零さず固い表情を守り続けているこの女の上に、彼の芸術家の眼が認めていたのだろうか。薄暗い部屋の中に、忍びやかな雨の音が聞えて来た。

大きな窓の前に立って、彼は夜が濃くなり雨が一層烈しくなるのを見ていた。この一枚の硝子の向うに、敵意を含んだ現実が彼を待ち受けているのを感じた。客は遂に来なかった。閉場の時刻は過ぎた。彼はもう帰らなければならない。しかし彼はいつまでもこうしていたかった。画廊の中は暖かで、その沈黙は快かった。

遂に彼は振り向いた。幾つもの絵の鮮かな色彩と奇妙な形とが、三方の壁から彼に襲いかかった。彼は眼のくるめくような敵意を感じた。それらは彼の作ったものであるにも拘らず、今や彼とは無関係にそこに存在していた。客のいないがらんとした画廊の中に、ひとりきり自分の作品と向き合っている画家は鎖につながれたプロメテウスだった。彼は言いようのない無力を感じた。

何処から間違ったのか、どうして間違ったのか。変色した愛、無益な創造、混乱した秩序、すべて彼には嘗て想像することの出来なかったものだ。ひるむことなく聳えていたこの堅牢な幹が、どうして不意にうつろな響きを発するようになったのだろう。根だ。問題は根が張っていなかったことにあるのだ。生成する根、芸術をも愛をもぐんぐん育てて行く純粋な源、夕焼空を見て叫んだ素朴な感動、無限なものへの子供らしい憧憬、愛する時の魂の高まり、――そういうものはいつから失われてしまったのだろう。もっと根源的な、野蛮な力、強靱な発展、夢を生かす空想、一人の女を愛し抜く絶え間ない情熱、それがなかった。自分の抜け殻としての作品だけが、黙々として彼を見詰めている。

彼は古びた外套を着、傘を取り、電気ストーヴのスイッチを捻り、もう一度部屋の中を見廻して、入口の狭い階段を踏んで降りて行った。信子はどうする気だろう。自分が落ちつくまでエミイは母親に預けると言った。洋裁店にでも勤めて一人で暮すとも言った。しかしひょっとしたら、気を取り直し、或いはさとの両親に意見されて、元通りに暮すことになるかもしれない。夫婦というのはどんな喧嘩をしても、結局はもとの鞘《さや》に収まることが多いのだ。子供がいれば尚更だ。もしも愛が少しでも残っていれば。

彼は階段を下りたところで、尚もためらうように入口のドア越しに外の通りを見た。暗い通りを自動車が走り過ぎた。信子と別れるなどとはとても信じられないことだ。今でも愛していると言った。愛していながら別れるというのは矛盾だ。支離滅裂だ。一体彼女は何を恐れているのだろう。

ドアを開くと横なぐりの雨が彼の頬を打った。彼は身体を横に向け、傘を開いた。ぞっとするような寒さが彼を襲った。彼は歩き出した。二三歩の所で足が無意識に止った。

その樹だ。銀杏並木の中のその一本の樹。彼が画廊の窓からじっと眺めていた樹が、彼が消し忘れた電燈の光を大きな硝子窓越しに受けながら、そこに立っていた。傘をずらすようにして見上げると、つめたい雨が顔の上に降りかかった。大きな樹だ。しかし枝はまばらで、そこに黄ばんだ葉が震えながらしがみついているばかり。貧しい樹だ。

彼は崩れ落ちて行く自己を感じた。それは一種の陶酔のように彼を襲った。昔はすべての物が周囲から彼の中にはいって来た。今はすべてが彼の中から外へ出て行くのだ。最早得るものはない、失うばかりだ。しかし失い続けても人は尚生きて行くのだ。

彼は手を延し、その樹の幹にさわってみた。雨の滴が幹を伝わって彼の掌を濡らした。信子はもう帰っては来ないだろう。彼の掌を濡らし続けるその滴は、信子が遂に彼に見せなかった涙のように思われた。

風《かざ》花《はな》

開いた窓の側の寝台に寝ていた男が、ふとまどろみから覚めた。彼は明るい夢を見ていた。夢の中で天使たちの合唱がいつまでも歌いやまなかった。いま目が覚めても、その歌声はまだ彼の耳許にやさしい声を響かせていた。何の夢を見ていたのだろう。彼は薄く眼を見開き昼の光をまぶしく感じ、この明るさに一種の残り惜しさを感じた。声は尚も響いていた。あれは若い看護婦たちが、安静時間を利用して、合唱の稽古をしているのだ。そうと分っても、この一種の心地よい感じは抜けなかった。

夜中に覚めた時はこうではない。この男はそれを知りすぎるほどよく知っていた。彼はしばしば深夜に目覚め、眼が冴えるままにいつまでも木枯しの吹きすさぶ音を聞いていたものだ。夜になると武蔵野を吹き渡る寒い風が、療養所の外気小舎を取囲む松林の梢を渡って、不吉な、咽《むせ》ぶような悲鳴を立てた。病室の中では患者たちが眠り込み、歯軋りや鼾の声が風音に合せて高まったり低まったりした。広い病室の中には明り一つなく、ただ廊下の終夜灯が入口の硝子戸越しに仄かな明るみを部屋の中に送っていた。そして彼の脳裏に、取りとめもない暗い想像が次から次へとひろがって行った。

しかし今はあたりが明るく、目覚めたあとの気持は爽快だった。午後の安静時間はまだ終っていなかった。眠ろうと無理に努力する必要もなく、蒲団の中でぼんやり考え込んでいることも愉しかった。考えることは沢山あり、たとえ何を考えても無駄であるとしても、考えることの他に彼に何が出来ただろう。

彼は寒そうに掛蒲団を肩の方に引き寄せた。何やら冷たいものが、先程からはらはらと彼の顔の上に降りかかっていた。眠りから覚めたのも恐らくはそのせいだったに違いない。首を蒲団から引き離して窓の方を向くと、自分の吐く息が白く空中に漂った。その息の向うに、白い細かなものが宙に舞っていた。それはあるかないか分らない程かすかで、ひらひらと飛ぶように舞い下りた。その向うには空があった。鉛色に曇った空がところどころに裂け目を生じて、その間から真蒼な冬の空を覗かせていた。その蒼空の部分は無限に遠く見えた。かすかな粉のようなものが、次第に広がりつつあるその裂け目から、静やかに下界に降《ふ》って来た。

「ああ風花《かざはな》か。」

彼は声に出してそう呟いた。そして呟くのと同時に、何かが彼の魂の上を羽ばたいて過ぎた。この風花という言葉を彼はいつ覚えたのだろう。いつでもその言葉は一種の詩的な昂奮を彼に与えた。また実際に、晴れた空から忘れられた夢のように白い雪片が舞い下りて来るのを見るたびに、彼は言いようのない陶酔を感じた。しかしそれを見る機会は、今までにそんなに度々あったようには思われない。殆ど記憶の中に思い当ることもない。それでいて彼の心の中で何かが呼びかけ歌いかけているのだ。彼は嬉しげに枕から首を浮かし、窓の外を一心に眺めていた。

その男は窓際の寝台に寝ていた。それは大部屋と呼ばれる療養所の病棟の一室で、六つの寝台が三つずつ壁に沿って並べられていた。彼が窓際に陣取っていることは、彼がもう此処では相当の古株であることを示していた。そこは午後になると日射が斜めに長く射し込んだし窓の外の風景を（といっても、たかが松林の中に散在する外気小舎にすぎなかったが）広い視野で眺めまわすことが出来た。ただこうした冬の央《さなか》には、開き放しの窓から冷たい風が吹き込んで来た。夜は窓硝子を締めるのが普通だったが、それでも床頭台の上の含嗽水のコップがこちこちに凍ってしまった。しかし患者たちは、窓際の寝台が明くと、乏しい太陽の光線を求めて争ってそこへ移りたがった。

彼はもうこの療養所に三年ごし病を養っていた。病状はあまり芳しくなかった。入所してすぐに手術をしたが、それが漸くよくなったところでまたぶりかえした。去年の秋再手術を受け、それから毎日大人しく寝ていた。毎月一回の検痰の結果は手術の効果を裏切っているようだった。そう君みたいにせっかちなことを言うものじゃない、なかなかぴたりと止るというわけにはいかないよ、と心やすい医官が説明した。そういう理屈は彼にも分っていた。しかし理屈だけで割り切れないものも、彼には沢山あったのだ。確かに彼はあせっていた。健康の回復に、自分でも自信の持てないことが多かったし、不吉な空想のみがいつも彼の脳裏を往来した。

彼は北海道の或る町で高等学校の国語の教師をしていた。その町にある療養所では手術の設備がなかったから、そのためにはどうしても上京する必要があった。初めのうちはしげしげと見舞いの手紙をくれた生徒たちも、大学にはいったり勤めに出たりして今では便りをよこす者も稀になった。東京にいる友人たちも、わざわざ電車に乗って郊外のこの療養所まで顔を見せることも少くなった。しかし彼はそういう孤独を寂しいとは思わなかった。ただ、不測の運命のもとに、ささやかな命をいとおしんでいる自分が、時々ひどく惨めに感じられた。北海道のその町では、彼の子供が妻の両親の手で育てられている筈だった。その子がどのように成長しているのか、彼にはもう想像することも出来ない。快活な、やさしい男の子だった。人は自分の運命を諦めた時に、無限の可能性を子供の上に托して、わずかに現在を忘れ去るものだろうか。その子がどう育つか誰も知らないのに、自分の運命が裏返しになって、その子だけはもっと明るい幸福な人生を送る筈だと、人は信じるのだろうか。

彼は父親のことを思い出した。父親は関西にいて何とか暮している筈だった。父親もまた、その挫折した人生の代償として、息子である彼がもっと明るい人生を歩み、父親の夢を取返すことを望んでいたに違いない。しかし彼は父親の期待に反して、勝手な結婚をし、北海道に疎開してたかが高等学校の教師になり、しかも身体を悪くして療養所の一室に呻吟する破目になってしまった。彼がその病状をしらせても父親からは葉書一枚来なかった。それは父親もまた戦災に遭ってすっからかんになってしまい、何等の援助を与えることが出来ないという意味だったのか。彼は父親が昔から変り者とみなされ、そのために人生の行路の上で損ばかりしていたことをよく知っていた。この父親は彼が大学を出るまで、子供が不憫だからと言って後添を貰おうとはしなかった。そして彼が卒業すると共に、お前ももう一本立ちなのだから好きなようにしろ、と言って、自分も結婚し、それまでの勤め人の生活に終止符を打って、関西に行き商売などを始めた。それが父親の気性に向いていないせいもあり、戦争の打撃ということもあったが、父親と彼とが別々の人生を歩むようになってから、父親は貧乏をし苦労の多い生活を送っているらしかった。しかし葉書の一枚ぐらいくれたっていいだろう、と彼は思った。

彼の妻は、子供を両親に預けたまま、東京で或る出版社に勤めていた。時々彼の許に見舞いに来ると、堰を切ったように色んなお喋りをして帰って行った。「あなたのお父さんみたいなひどい人は見たことがない、」と彼女は言った。「私は何もお金なんかほしいとは思わない、でも私がこんなに苦労をしているのに、可哀想だとも言ってくれないなんて。」確かに彼の妻は父親を怨んでいた。それには結婚の時や出産の時の父親の態度も関係していた。一口に言うならば、父親は息子に対しても嫁に対しても、また孫に対しても、無関心だった。彼が大学を出て一本立ちになった以上、すべての責任は息子が一人で背負うべきもので自分の与り知ったことではない、という意見を頑固に守り通していた。その代り自分がどんなに苦しい生活を送っていても、決して息子に泣言は洩らさなかった。

「親父は筆無精なんだ」と彼はあやまった。ひとりで考えている時には、無性に父親が憎らしく感じられたが、妻と一緒にこぼしても始まらなかった。何と言っても、不幸の原因は彼ひとりが背負うべきものだった。

妻が主張するのも結局はその点に帰した。彼女はしばしば彼を捉えてヒステリックに泣き喚いた。短い面会の時間に、他の患者の聞いているこうした大部屋の中で、妻から責められるのはたまらなかった。しかしこの頃、つまり彼が去年の秋再手術を受けてから、妻は見舞いに来ても割合に明るい顔をしていることが多くなった。時々は快活な笑い声を洩らした。その微妙な変化が何に基くものか、彼には少しずつ分って来た。無邪気な妻は自分の送っている生活をあけすけに物語ったが、その話の中に彼女の男友達の名前がしばしばあげられた。彼はにこにこしてそれを聞いていた。そういうことがあってもしかたがない、というよりも彼女の御機嫌がそれで直るのなら、我慢するのが当り前だと思っていた。嫉妬も感じなかった。孤独の感情に馴れっ子になってしまい、良人というよりも兄のような気持で、妻の話を聞いていた。それが結局は彼の卑怯なところだったのだろう。妻は別れたいと言い出し始めた。「私はもう二十五よ、私の青春はもう終ろうとしている。私にはこの一度だけの人生をもう一度やり直してみる権利がある筈よ。」そう彼女は主張した。誰にでもその権利はあるだろう。しかし多くの人は、どんなに望んでも、自分の権利を用いられないでいるのだ。人生が選び取られてしまい、あとはただ自分の蒔いた種子を苅入れることだけが残っているということもあるのだ。彼ももう三十歳だった。彼の進む道がこの後日当りのいい平坦な道であるとは思われなかった。その細い道が何処まで通じているのかさえ彼には見定めることが出来なかった。

彼の想像は過去へばかり向かった。寝台の中に横になり、咳や痰に苦しめられ、検査の結果に一喜一憂していれば、現在から未来に向けて愉しい想像をすることなどは不可能だった。ただ時々、現在も過去もない空虚感が彼を襲い、また不可解な理由によって、この空虚感が一挙に埋められ、心の中に激しい陶酔のようなものが充ち溢れて来ることがあった。今、風花の降りかかって来る空を眺めながら、彼を不意に訪れたものもこの理由のない、そして形のない感情、悲しいのか嬉しいのか自分でも分らないような或る充足感だった。彼はそれを文字にして書きとめたいと思い、床頭台の抽出しから小さな手帳と鉛筆とを取り出した。久しぶりに歌でもつくろう、と彼は思った。昔から、彼は時々短歌のようなものを書くことがあった。たかが悲しい玩具だった。彼は冷たくなった手をまた蒲団の中に突込み、歌の文句をきれぎれに考えた。しかし彼が考えるよりももっと別の力が、彼を過去の方へと押し戻した。幾つかの情景が心の中に浮び上って来た。彼は窓の外を眺めたまま、ぼんやりとそれらの記憶の訪れては消え去るのに任せていた。

風花はまだひらひらと降っている。

薄暗い部屋の中には昼から電燈が点いていた。彼はルンペンストーヴの側に机を置いて、本を読みながらノートを取っていた。二重硝子の窓は室内の暖気のためにすっかり曇っていた。それは三年前の四月の初め頃で、内地ならもう桜の蕾がふくらみそろそろ咲きそめる頃なのに、この北国では冬はまだ猛威をふるっていた。

部屋の中は静かで、ストーヴの燃える音ばかりがごうごうと響いた。彼の机のすぐ向うで、子供が時々ひとり言を言いながら、小熊や犬などの玩具で遊んでいた。妻は買物に出掛けて、家の中にいるのは彼と子供ばかりだった。書物を開いていても、意識はそこに集注せずともすれば別のことを考えあぐねていた。この冬、彼は風邪をこじらせて具合が悪くなり、自宅療養を命じられた。近いうちに市外にある療養所にはいって精密検査を受ける手筈になっていた。こうして家にいられるのもあと幾日のことか分らなかった。

「チイちゃん、パッパが高い高いをしてやろうか。」

子供は父親に呼ばれて嬉しそうに立ち上った。この子は終戦の年の七月にこの町で生れたから、ちょうど一つ半だった。明るい性質の子で、彼と妻とが諍いなどを始めると、大人しく部屋の隅に引き下りひとりで遊んでいた。喧嘩が烈しくなり彼が大声を出すと、困ったようにしくしく泣き始めた。そうするといつでも夫婦喧嘩は中止になり、彼はチイちゃんを肩車に乗せて御機嫌を取り結ぶのだ。子供はそれが大好きで、直ににこにこして喚声をあげた。感染したら大変だと言って、彼は決して抱っ子をしてやらなかった。

今も彼は両手で子供を後ろ向きに抱きかかえると、やっとばかり肩の上にまたがらせた。子供はきゃあきゃあ言いながら、小さな手で彼の頭を掴んだ。片手が彼の眼の上を抑えたから、そっとその手を額の上の方に持ち上げた。そして子供の両脚を抑えて、部屋の中をくるくると廻った。

子供の体温とその陽気にはしゃいだ気分とが、暖かく彼の身体に伝わって来た。これが彼と子供とが一緒に遊ぶ唯一の方法だった。

「ンパ。」

それはもう一度という意味にももう一杯という意味にもなった。子供は言葉を覚えることが面白くてたまらないらしく、同じ単語を器用に幾通りにも使った。「ンパ、ペイペイ」と言えば、もう一人ペイちゃんが来たという意味だった。彼は少しずつ疲労を感じながらまたぐるっと部屋の中を廻った。肩車をして廻るには部屋の中は狭すぎた。

「アッチ、オンモ。」

「オンモは寒いから行かれないんだよ、」と彼は言い聞かせた。

「オンモ、ドージョ。」

子供は同じことを繰返した。彼はしかたなしに窓のところへ行き、片手で子供の身体を支えながら空いた方の手で二重になった硝子窓を明けた。冷たい風がさっと舞い込んだ。

雪の積った中庭が樹々をめぐらしてひっそりと静まり返っていた。その向うに見える通りには人影がなく、雪の降り出しそうな空が重苦しく垂れていた。

「アーポッポ、イナイ。」

「鳩ぽっぽはいないんだよ、鳩ぽっぽは春にならないと鳴かないんだ。チイちゃん、鳩ぽっぽ何て鳴くか知ってるかい?」

「アーポッポ、チイパッパ、チイパッパ。」

「そうだね。チイパッパって鳴くね。」

春といっても、五月の末頃になると、山鳩や郭公が町を囲む原始林の中で鳴き始め、その澄んだ声を町なかにいても聞くことが出来た。去年はまだ赤んぼだったが、今年の春にはこの子も、山鳩はホウホウと鳴き、郭公はカッコウカッコウと鳴くのを聞いて覚えるに違いない。しかしその頃、彼は郊外の療養所にはいっているだろうし、ひょっとしたら手術を受けるために東京へ出ているかもしれない。

「チイちゃん、パッパ好きかい？」

「パッパ、ヒイ。」

ヒイというのは、好きと火とビタミンCとのどれをも表す単語だった。ビタミンBはブイだった。小さな子が注射用の薬の名前を知っていることが、父親が療養中のことを示しているのかもしれなかった。

「もう寒いからこれでおしまい、いいね坊や？」

「ネエ、ブウァ。」

子供はそう繰返した。暗澹とした空からいつのまにか雪が降り始めていた。彼はそっと子供を畳の上におろし、窓を締めた。

「パッパ、ヒイ。」

子供がまた嬉しそうに言った。

長い行列で、彼の並んでいるところは停車場の外だった。それでも先頭から二百人目ぐらいで、彼のあとにはもう千人近くの人が行列をつくって待ちあぐねていた。午後はもう遅く、冬の空はどんよりと曇って今にも雨か雪かが降り出しそうに見えた。

それは四年前の終戦の翌年の一月だった。彼は妻と赤んぼとの待っている北海道へ帰るために、こうして朝から停車場に詰めていた。リュックの他に手下げ鞄と風呂敷包みとを持っていたが、風呂敷の中は弁当ばかりで、既に停車場で並んでいる間から弁当を必要とした。夜行列車にうまく乗れたとしても、目的地に到くまでに幾日かかるか分らなかった。

行列している連中は例外なしに眼ばかりぎょろつかせて血色の悪い顔色をしていた。誰も彼もが不機嫌で、ところどころに小競合いが始まっても留める者はなかった。人はみな疲れ切って、初めのうちは近くにいる者どうしで天皇制や政治や世相について議論を交していたがその連中もだんだんに口を噤《つぐ》んでしまった。闇屋が時々行列のまわりをうろついた。彼もまた暗い面持でこの行列を眺めていた。その中の一人一人にたとえどんなささやかな希望があるとしても、この長い列は敗戦後の日本の不満と絶望との象徴であるように見えた。無力に行列のうしろにくっついているだけで、果して汽車に乗れるという確実な目算があるわけではない。しかしただこうやって、いつ降り出すかもしれない曇り空の下で、それぞれの重たい荷物を持ち、時刻の来るまで佇んでいることに誰もが馴れ切っていた。

彼は職を求めて東京に来ていた。そして今や何の得るところもなく、疎開先に残した妻子の許へ帰って行くのだ。単なる偶然によって戦争中に逃れた土地、そこで馴染みのない風土と見も知らぬ人たちとが尚も彼を苦しめようとして待っている筈だ。冬は今頃最も厳しいだろう。零下二十度を下る日が毎日のように続いているだろう。しかし彼は妻を信じ妻を愛していた。そこに身を寄せる他に行くべきところもなかった。彼女はきっと僕のこの気持を分ってくれる、と彼は考えた。結婚してからのこの二年足らずの間に、二人はどんなにか苦労を重ねただろう。じっと眼をつぶると彼女の面影が彷彿とした。

行列の中が次第に騒然となり、駅員が何か叫びながら列に沿って向うから歩いて来た。

病院の屋上には寒々とした風が吹いているばかりで、二人の他には誰もいなかった。彼は白衣を着た看護婦に案内されて、通行禁止という張札の出た建築中の新館の廊下を通り、夕暮に近い晩秋の日の午後、初めて屋上に昇った。

それは今から八年も前の、戦争中のことだった。といっても戦況はまだ安定していて、空襲などということはなかった。彼は大学を出て或る陸軍関係の役所に勤めていたが、一月ばかし前に急性盲腸炎を起し、この大きな病院に担ぎ込まれた。予後は長引いたが、退院は数日後に予定されていた。

屋上まで歩いて来ても、もう何の疲れも感じなかった。よく晴れた日で、夕陽の沈んで行く方角に雪をいただいた富士山が見えていた。東京の街々のひらけた眺望の中に、きらきら光る屋根が波のように重なり合った。

「綺麗な眺めだね、」と彼は言った。

「でしょう？　素敵でしょう？」と看護婦が張りのある声で叫んだ。

この若々しい声とつぶらな瞳とを持つ看護婦に、彼は入院中すっかり世話になった。彼女は勤務中には母親じみた、或いは姉さんじみた態度を見せ、非番で遊びに来た時には甘えたような少女らしい口を利いた。この初めての入院生活の間にも（と彼は思い出すのだ）彼は激しい陶酔のようなものをしばしば感じ、詩や歌を作ってはこの看護婦に見せてやったものだ。彼は彼女に茂吉や赤彦などの歌集を貸してやった。親切にしてやることで、彼女の心が次第に自分の方に傾くのを、一種の不安を混えた疼くような気持で見守っていた。

「遠くの方に山が見えます。」

彼女は手摺に凭れながら、片手を延して横に軽く線を描いた。富士山ばかりではなく、よく見ると低い山脈が屋根屋根の向うに何処までも煙のように靡いていた。

「あたしの国ではもうすっかり雪よ。」

彼女はそのあたしというのをいつもあちしというふうに発音した。それが彼にはひどく子供っぽく感じられた。

「君の国というのは何処？」

「新潟ですの。寒いところ、雪ばっかり降って。」

彼女は遠くを指さした手を下に垂らしたまま、白衣の裙《もすそ》をしっかりと抑えていた。夕暮の風の中に、その裙は生きもののようにはためいた。それは彼の心の中でもはためき続けた。遠い雪国で育った少女がひとり東京でこうして働いていることに無限のいとおしさを感じた。

「帰りたいだろうねえ？」

彼女は僅かに首を振って頷き返した。その眼は次第に暗くなって行く遠い山脈の方を追い続けた。

「もう行こう。」

彼はそっと彼女の肩を抱き寄せたが彼女は逆らはなかった。ただいつもの大きな眼を一層大きく見開いて彼を見詰め、それから眼を落した。

それだけだった、と彼は思い出した。彼はただ彼女の肩を抱いてやっただけ、それもこの時ただ一度だけのことだった。彼はこの看護婦が嫌いではなかった。彼女が彼を愛していることを心の底で知っていた。しかし彼の心は一種の憐憫と同情とに埋められたまま、愛するまでには至らなかった。それはなぜだったのだろう。彼の心は空虚で愛を待ち望んでいた筈なのに。

しかしこの晩秋の午後、病院の屋上で彼の魂の上を何かが羽ばたいて過ぎた。彼は数日後に退院し、越路《こしじ》の少女を主題にする三十首ばかりの歌を連作し「別離薄暮」という題をつけた。それは芥川龍之介や斎藤茂吉の亜流を行く幼稚な作品だったのだろう。今となっていくら考えても、彼はその一首をだに想い起すことが出来なかった。しかし彼は今でもまざまざと、風の吹き過ぎる広々とした屋上と、遠く連なる山々と、白衣の裾をはためかせていた若い看護婦とを見ることが出来た。そして、無限の可能性を持っていた彼自身の過去をも。


「父ちゃん、あの西田さんて人はいつから歯が抜けているの?」

「あれは昔からだよ。用心して歩かないと泥だらけになるよ。」

「西田さんは歯が抜けているからお蕎麦が好きなの?」

父親は何かを考え込んでいる様子で返事をしなかった。彼の方も足許に気を取られて、そうそう訊いてばかりはいられなかった。雪どけの泥濘《でいねい》の道が郊外電車の停車場まで通じていた。彼は靴をよごさないように、ぴょんぴょんと飛ぶように歩いた。父親は黒いインバネスを着て下駄を履いていた。彼は片手でしっかと父親につかまっていた。


それはずっと昔のことだ。彼は小学校の五年生くらいで、たまの日曜日に父親に連れられて、郊外にある西田さんの家に遊びに行くのをとても愉しみにしていた。西田さんは父親の昔の学校友達で、或る専門学校の英語の教師をしていた。変人の父親がどうしてこの人とだけ親しく付き合っているのか、そんなことは考えてみたこともない。きっとこの人も変人の仲間だったのだろう。

西田さんの家ではきまって蕎麦が出た。彼の父親はうどんの方がいいと言うので（父親は九州の方言でうろんと発音した）西田さんから田舎者は困るといって馬鹿にされていた。父親と一緒に外で蕎麦屋にはいる時には、きまって彼もうどんしか与えられなかった。その方がお腹のためにいいという理由で。

「なに西田だって足利かどっかの百姓の倅だ。あれと二人で初めて蕎麦屋にはいった時なんか、二人ともどうやってざるを食うんだか分らなくて弱ったもんだよ。」

父親はよく息子にそんな話をした。しかし小さな息子の方は、西田さんのところでしか蕎麦にありつけなかったから、江戸っ子の標本のように西田さんを尊敬した。この人には上の前歯が二本なかったからさっぱり風采が上らなかったが、鮮かな手付と口付とでざるの二人前を片づけた。

「坊や、よく見ておけよ。まずこう持ち上げる。多すぎても少なすぎてもいけない。それからこう垂れをつける。垂れをこぼしちゃいけない、半分もつければ沢山だ。それから一息にするすると呑み込む。」

感嘆して眺めている子供の前で、箸にぶら下った蕎麦は前歯のない口の中へと鮮かに吸い込まれた。

「蕎麦は噛むものじゃない、ぐっと呑むんだ。いいね、坊や。」

「駄目だぞ、よく噛まなくちゃ。何でもよく噛みなさい。」

父親がお説教をし、西田さんはからからと笑った。しかし彼が噛もうと呑み込もうと、実際の蕎麦の味よりも西田さんが曲芸のように蕎麦を食う光景の方が、彼にはよっぽど愉しくてたまらなかった。細長く垂れた蕎麦の列が、欠けた前歯の間から消えて行くのはいくら見ていても飽きなかった。

西田さんはまた手品も上手だった。

「坊や、このトランプをよく切って御覧。」

彼が下手くそな手付でカードを切ると、西田さんはその中の一枚を彼に読ませて元の札の中に滑り込ませた。スペードの三、スペードの三と彼は忘れないように口の中で言い続けた。西田さんは繰返し繰返し丹念にカードを切った。

「そら、これだろう?」

「不思議だなあ。」

出された一枚を彼はびっくり顔で見詰めた。

「よし、今度は別のやつ。」

西田さんは彼が感心するたびに、からからと大声で笑った。

西田さんは奥さんと二人きりで子供がなかった。だから西田さんが彼のお相手をしてくれず父親と話をしている時には、彼はひとりで本を読んでいた。西田さんは蔵書家で、玄関に至るまで本箱が並んでいた。彼は玄関の壁に凭れながら、あの本この本を引き出して読んだものだ。彼が最も愛読したのは、殆ど揃っている黒岩涙香の縮刷版だった。

帰りの道は、風が吹いて寒かった。午後も遅くなると、泥濘の道に薄氷が張った。靴を汚さないように、また氷で滑らないように、彼はいつも夢中で父親の手にしがみついて歩いた。

広々とした畑の向うにところどころ農家や文化住宅が見えるばかりで、寂しい荒涼とした風景だった。空は蒼く晴れ、凧の唸る音がひっきりなしに聞えていた。眼を起すと、沁みるような藍色の中に小さく小さく三つか四つの凧が認められた。その一つはくるくると舞いながら横滑りをしていた。凧を上げている子供たちは畑のずっと向うにいるらしく、凧糸が白く光っているばかりで人の姿は見えなかった。

「あら、父ちゃん何か降って来たよ。」

冷たいものがはらはらと顔に当った。彼は父親に縋っていた手を離し、空中にかざしてみた。

「お天気なのにおかしいねえ。狐の嫁入りかしら。」

「雪だよ。これは風花っていうんだ。山の方で降った雪が、風に乗って運ばれて来たのさ。直に止むだろう。」

「僕、こんなの初めてだ。」

彼は嬉しげに声をあげてはしゃぎ、宙に手を振り廻した。雪の小さな粉はあるかないかに降りかかって消えてしまった。

「さあ急いで行こう、」と父親が言った。

子供の心は晴々として豊かだった。西田さんも、凧も、風花も、彼の心の中に溶け込み一種の爽快な感じをつくっていた。夕暮に近い冷たい風ももう冷たいとは感じなかった。

彼はまたうとうとと眠ったらしい。眼を窓の外に移すと、風花はとうに止み、蒼空がまぶしいように晴れ渡って太陽の光線が射していた。

彼は手帳を枕の横から取り上げ、白い頁を開き、そこに幾つかの歌を書いた。

風花のはつかにふれる午後の間のひと時を
吾《あ》は眠りたるらし
風花はいづれの空よりふれるならむはつは
つとして夢のごとしも

疲れたる眼に見る空の色遠し風花やみてしまし蒼き空
いきどほろしきもの心の中にみなぎりてしはぶきしつつ吾がおもふこと
さだまらぬ夢のかたちよ物みなはたまゆらにして消え行きにけり

鉛筆の薄い字が休み休みノートの上を滑った。書き終った時は、手がかじかみ疲労を感じた。しかし一種の満足をも感じていた。どんなにつたないものであろうとも、幾つかの歌はこの時の彼の心の風景を刻んでいるに違いない。そして彼の踏んで来た道のあとには、かすかながら足跡がついているに違いない。父親はむかし彼を、この母親のない子供を、愛してくれた。父親は今も遠くで彼を愛しているだろう。妻は自分を去って他の男と結婚するかもしれない。子供はその男をパッパと呼び、やがて本当のパッパのことを忘れるかもしれない。それでもいい。彼は人を愛し、人に愛された記憶を持ち、ただ自分ひとりの命をいとおしんで生きて行くだろう、――命のある限りは。風花のようにはかなくても、人は自分の選んだ道を踏んで生きて行く他はないだろう。

安静時間は既に終り、病棟が一種の活気を帯びて騒がしくなり始めた。

退屈な少年

1

謙二はまったく退屈していた。この十四歳の少年を退屈から救い出してくれるものは何もなかった。

彼はいま小さな池のほとりにしゃがみ込んでいた。その池は浅くて底が透いて見え、水すましがその表をすいすいと滑っていた。池の周囲には雑草が茂り、彼はたんぽぽの花をむしり取っては池の中央に投げ込んでいたが、魚らしいものはいっこうに姿を見せなかった。この池には鮒一匹いない、と彼は断定した。そう思うとこの池は（彼は今日初めてこの池を発見したのだが）全く詰らないものに思われた。もっとも鮒がいたところで、彼が面白がったかどうかは分らない。この退屈した少年にとって、ものの十分間でも意識を集注させるだけのものは、彼がこの村に来てからの一ケ月間に容易に見つからなかった。

もちろん都会育ちの謙二の眼に、もの珍しく映ったものがなかったわけではない。牛や山羊や鶏でも珍しいといえば珍しいし、鳥や草花やその他の自然のさまざまの風物が、彼の新鮮な眼を捉えなかったとは言えない。しかし僕は退屈なのだ、と彼は固く信じていたし、退屈だときめてかかっている以上は、むやみと関心を持たせようと思っても（三沢さんがどんなに努力しても）それは無駄という他はなかった。僕はもう子供じゃない、子供ならやれシジミ蝶だとか、やれスミレの花だとか騒ぐだろう。僕が考えているのはもっと別のことだ。

謙二は池のほとりから立ち上り、歩きかけてまた振向いた。その時霊感が浮び、彼の顔がみるみる緊張し、ひどく大人っぽくなった。よしそれに賭けよう、と彼は呟いた。

この少年は色々のことに熱中していた。寧ろ憑かれていたと言ってもよい。そのことと彼の退屈とが格別矛盾しているとは思われない。というのは、熱中はするが持続することがなかった。それに熱中するだけの材料は極めて少なかったし、あってもそれは精神の領域に属していたから、彼がそのたねを発見しない限りひとりでに彼の気を紛らしてくれるというわけにはいかなかった。例えば「賭《かけ》」である。

賭について謙二の定義と称するものは次の箇条から成り立っている。
一、賭は一人では成立しない。

二、賭は損をするかもしれない。

三、賭は公平でなければならない。

これはあくまで謙二の独自の考えなのだが、そこにこの退屈な少年の性質が幾分なりとも現れていると思う。第一の、一人では成立しないというのは、実質的には一人でも成立するということだ。なぜなら彼の場合に相手は謂わば運命といったものを指していたから。彼の賭が他人を相手にすることはまずないといっていい。父親や兄さんは見向きもしてくれそうにないし、中学の友達と賭事を争うほど謙二は不良ではない。残るところは家庭教師の三沢さんぐらいのもので、特にこの村に来てからは村の子供たちに識り合いは一人もないのだから、毎日顔を付き合せている三沢さんとでも遊ぶほかはない。しかし彼は、例えば今度の週末に兄さんが来るかお父さんが来るかなどという材料で、三沢さんと賭をする気にはなれない。そんなのは子供の賭だ。彼のはもっと別のもの、つまり彼一人が運命を相手とするような、深刻なものだ。そこで定義の第二、損をするかもしれないことが重要なので、得をする、儲けるということはその場合あり得ない。そこで第三、絶対公平ということが要求される。運命の方には公平も不公平もないのだから、彼が自らインチキをしないよう心をくばらなければならない。この第三は定義というよりも戒律だが、ついでにもう一つ。

四、賭はその場限りである。

これを説明すれば、例えば、この賭がうまく行ったら今度の試験は成績優秀だなどと考えるのは、賭を冒瀆《ぼうとく》するものだ。賭の成否は賭そのものの純粋な行為で終っているので、その結果が何等かの前兆になるということはあり得ない。未来に属する事がらと結びつければ、せっかくの賭の面白味が消え失せてしまう。

こういう謙二の遊びは、残念ながら、そうしばしば実行するわけにはいかない。何と言っても材料が不足である。トランプ占いでも一人でやる賭には違いないが、これは第二の損をするという点で引掛る。子供の遊びだ。従って賭けるためのうまい材料を見つけ出すことが、この少年の日常の中で退屈を紛らすための知的冒険の一つに他ならなかった。

いま謙二は池のすぐ側から正確に五歩遠ざかった。そこで眼をつぶり、ぐるぐると三度ほど身体を廻転させた。身体が少しふらふらしたがそれでもしゃんと立っている。それからまた思いきり廻った。公平でなければならない。身体がよろめいてしゃがみ込んだが、決して眼は開かなかった。立ち上った。そこから真直に十歩ほど数える。直角に池へ向えば六歩目には池に落ちる筈だが、少し斜にそれれば十歩はかかるだろう。どっちにしても危険の多い賭だ。

さて歩き始めようとして、ふと気がついた。眼はしっかり閉じているが、目蓋《まぶた》の下の闇がぎらぎらする程明るい。そこに綺麗な唐草模様が結ばれたりほどけたりしている。ということは太陽の方を向いている証拠だ。太陽は池の少し右よりのところにある筈だ。それに斜左の後ろから鶏のコココと鳴く声が響いて来る。それは鶏小舎のあるところで、池に来る前、彼が暫く鶏どもの遊ぶのを観察していた農家の中庭に当る。とすれば、眼をつぶっていても僕は自分の位置をちゃんと承知しているのだから、この賭は公平じゃない。

謙二は眼を開き、まぶしい太陽の光線と向き合って自分の感覚が正しかったことを知った。それから直に走り出した。農家の中庭で、砂浴びをしていた牝鶏たちが驚いて飛び上ったが、見向きもせずに駆け抜けた。畦の間の細道を走り、それからくたびれて足取が少し遅くなったが、道に迷わずに別荘まで帰って来た。

彼はがたごといわせながら裏口から自分の部屋に飛び込んだ。八畳ほどの洋風の板の間で、隅にベッドが置いてある。机の抽出を片っ端しから明けてみたが適当なものがない。廊下を通って浴室へ行き、タオルを失敬してズボンのバンドに挟み込んだ。それから三沢さんの部屋の前まで行った。

「謙二さん、何処へ行ってたの？　おやつも放ったらかして。」

三沢さんの部屋は明るい和室で、読みさしの本を伏せて笑顔を見せた。但しこういう時の笑顔は曲者だ。お小言の前触であることはちゃんと分っている。機先を制した。

「三沢さん、脱脂綿持ってない？　僕に少しくれない？」

「まあ怪我でもなさったの？」

「そうじゃない、でもちょっとほしい。」

三沢さんはかすかに赧《あか》い顔をしたようだった。押入を明けて薬箱を出して来た。

「何に使うのか私に教えてくれないの?」

「うん、大したことじゃない。」

「秘密?」

「ううん、まあね。」

三沢さんは時々ひどく馴々しくなる、かと思えばそっけなく遠ざかる。謙二は三沢さんが嫌いじゃないし、特に病気で寝ていた彼をせっせと看護してくれた時には亡くなった母ちゃんのような気がしたものだ。しかしこの一月の間、こうして二人きりで暮すようになると少しばかり親密さが鼻について来る。初めは三沢さんは家庭教師だった。今では半分はうちの人だ。大学で児童心理学を専攻したんだそうだが、そういう人を自分のためのお相手にしてくれたというのが、そもそも謙二が馴染めなかった重要な原因だった。ふん児童心理学か。ふん難しい子供か。何の僕が難しいことがあるものか。それに心理学のケース扱いはもうやめてもらいたいな。

「秘密なんて子供っぽいことは言わないで。」

「あら、いけない?」と脱脂綿を渡しながら訊き返した。

「そりゃ誰にだって秘密はあるさ。三沢さんにだってあるだろう？　しかしもっと大事なことに使う言葉だよ。脱脂綿の使いみちなんて、秘密のうちにははいらないさ。」

三沢さんはまた赧い顔をした。それを見ると謙二は不思議な気がする。この人は大人で、舜一兄さんなんかよりもっと年上で、雪ちゃんなんかよりずっとお姉さんで、それでどうして変に子供っぽいんだろう。雪ちゃんだって大学生ぶりやがって、近頃では照れたり恥ずかしがったりすることはまるでないのに。さては三沢さんには大した秘密があるのかな。

「僕ちょっと出掛けて来る。」

「謙二さん、おやつ前は横になる約束だったんでしょう？　とうにおやつが出来ているのに。」

「あとで、あとで。」

こんな面白いことを見つけたのに、おやつなんかに誘惑されてたまるものか。三沢さんの呼びとめる声を聞き流して、一目散に走り出した。コースは前と同じ、畦道を直角に幾度も曲り、鶏どもを蹴散らして、池のほとりへやって来た。

池の縁から正確に五歩、そこで立ちどまり、呼吸をととのえながら、今まで片手に握り締めていた脱脂綿を細かにちぎって、両方の耳の中にしゃにむに押し込んだ。これ以上ははいらないくらい耳に栓をして、次に腰からタオルを引き抜くと厳重に眼隠しをした。目蓋の底は暗闇、耳の中は耳鳴のようにわーんという響き。これなら大丈夫だ、絶対公平だ。

そこでぐるぐると廻った。自分でも数え切れない位独楽のように廻転して、ふらふらしながら足に力を入れたが、さあもう方向は分らない。目蓋の底は暗闇、耳の中は耳鳴り。これが公平な（損をするかもしれない）賭というものだ。彼は勇敢に歩き出した。一歩、二歩。これが謙二は好きなのだ。この気持、この純粋な自我の統一。その時彼は一個の神で、運命という神と相対しているのだ。彼をとどめるものは何もない。四歩、五歩、成功したかな。不幸にも神は六歩目に神でなくなった。足許がよろめき、ずるずると足を引かれ、平衡を失った上半身を助けようとして、両手がありもしない幻影と格闘するように前方で泳ぐと、いきなり足が、膝が、じんと冷たくなって、すんでで上半身まで横ざまに池の中に転倒するところだった。危く身体を立て直した時には、ズボンの膝までぐっしょりと水の中にはまり込んでしまった。

彼は急いで眼隠しのタオルを取った。周囲の明るさに眼がくらくらし、しきりに目瞬きをしながら池から這い上った。膝に吸いついたびしょびしょのズボンと靴の気持の悪さ。賭はまさに負けだった。損害は大きかった。三沢さんは何と言うだろう。

三沢さんは門のところで張番をしていた。おやつもすっぽかして謙二が飛び出した以上、彼女が心配して様子を見に表まで出て来たのは彼女の気性として寧ろ当然だった。靴もズボンもびしょ濡れの恰好を三沢さんに見られるなんて、何と不様《ぶざま》なことだろう。三沢さんはぱくぱくと口を明けて何か言った。まるで金魚だ。謙二はおかしくなって笑いかけ、それから耳の中に例の脱脂綿が詰っていたことを思い出した。

「何でもないんだよ。」

そう言った自分の声がまるで自分の声らしくなく響いた。三沢さんがぎゅっと彼の身体を抱きしめた。

2

……謙二さんが今日池へ落っこちました。といっても、先生どうぞ御心配なさらないで下さい。池はまるで小さくて、深さ三〇センチもないほどの浅い池なのです。私も心配なのであとで行ってよく見て来ました。どういうわけで落ちたのかそれは分りません。例によって小哲学者は瞑想に耽っていたのでしょうか。もっとも何か悪戯を試みたらしくはあります。秘密だなんぞと言ってましたから。三沢さんにも秘密はある？ と訊かれてびっくりしました。足を濡らしたので、さっそくベッドに追いやりました。謙二さんだいぶ不服そうでしたが万一肺炎にでもなったら大変ですからね。幸いに夕方と先程（午後八時）二度ほど検温しましたが発熱した様子はありません。きっともう眠ったでしょう。

私の考えではこの悪戯は寧ろよかったと思っています。謙二さんはこの頃非常に丈夫になり食欲もあるので、午後二時間の安静よりは少し表に出てやんちゃでもする方がいいのです。あの人は内攻性でひとり遊びが好きですから、この村に来てもお友達一人ありません。別荘のお子たちは異分子みたいなもので、仲良くなることは難しいのでしょうし、同じ年頃の子供は昼間はみんな学校に行ってますから、謙二さんが孤立するのも無理はありません。しかし謙二さんは格別人恋いしそうでもなく、お家にいた頃と同じようです。つまり何かを考え込んでいて、時々ぶつぶつ独り言を言ってます。私とはうちとけているものの、決して打明けてはくれません。もう少し仲良くなれたらと思うのですけれど、謙二さんはきっとはにかみ屋なのでしょう(先生みたいに)。私はなるべく表に出て遊ぶように、散歩でもするようにとすすめています。早く大人になりたくて背伸をしている、難しい年頃なのでしょうね。

謙二さんの口癖は例によってああ退屈だです。私はそれを聞くと笑ってしまいます。十四歳の退屈な子供なんて本当に滑稽です。何にでも一応は注意し、好奇心を持ち、しばらくは熱中するんですけど、直に褪めてしまいます。御本もたくさんあるし、顕微鏡とか双眼鏡とか図鑑とか、勉強する材料もとのっています。それにこうした田舎の生活では何でも珍しい筈です。私なんかも子供の頃に返ったようで、ちっとも退屈じゃありません。

しかし謙二さんが退屈がるのは寂しがるよりも、どれほど私にとって助かるかしれません。

病気のあとで転地させたいと先生がおっしゃった時に、私はとても心配でした。家庭教師の役はつとまります。看護婦の役だってどうにかつとまりました。けれどもお子さんと二人きりで暮すことはお母さんの役をつとめるようなもので、経験のない私には大役でした。私は謙二さんは甘えっ子でお父さん子だと思っていたんですが、ここに来てみて、とても芯のしっかりした、独立心のある、考えの深いお子さんだということが分りました。寂しがることもなく、寧ろ先生の方がよっぽど寂しがり屋です。時々私は謙二さんにもっと甘えてほしいと思うことさえあります。亡くなったお母さんの影響は、あの年頃ならまだ大きい筈なのに、謙二さんはけろりとしています。何だか少し薄情みたいな気がしないでもありません。

先生がいつぞや私におっしゃったことで毎日頭を悩ませています。私には相談する両親もないのですから、結局は一人できめなければなりません。しかし私にきめられるかしら。お母さんの役がつとまるためには、もっともっと謙二さんのことがよく分らなければ怖くてなりません。先生のお気持はよく分っています。しかし随分と冒険のような気がいたします。舜一さんは何とおっしゃるでしょう。私と舜一さんとではほんの姉弟ほどの年の違いしかないんですもの。それに謙二さん、やっぱり謙二さんがどう考えるかと思うと、怖くて怖くて、あの人の顔がよく見られない程です。

先生は今頃つまらないことを言ってしまったと思って後悔していらっしゃるのじゃないかし

ら。それだったらどうぞそうおっしゃって下さい。寧ろその方が私は気が楽なの。あまり考え込んで、頭が痛くなって、ノイローゼになりそうです。私は先生を尊敬しています。愛しています（思い切って恥ずかしいことを書きました）。私は今のままで満足なのです。結婚なんか出来なくたってちっとも構いません。

三沢早智子はそこまで書いて、ふと考えた。本当にちっとも構わないのだろうか。私も来年はもう三十になる。大学を出て、児童心理研究所の職員になって、仕事が面白くて脇目もふらずに働いているうちに、いつしか婚期を逸しかけてしまった。たまに話があっても平凡な男になんか興味はなかった。私は生意気だったのだろうか。学問の方が面白くて、奥さんに納る人の気が知れなかった。その私がどうして先生と結婚してもいいという気になってしまったのだろう。大学生の息子と中学生の息子とを持つような人の後妻に。

ちっとも構いません。本当にそうだろうか。先生はこれは私のエゴイズムだがとおっしゃった。あなたのような若い人を、ともおっしゃった。私はもう若くはないし、先生のような、心から尊敬の出来る、気立のやさしい人を識ったのはこれが初めてだ。識り合ってからの一年、いつのまにか私の心は先生に惹かれていた。私は小娘のようにおどおどしていた。私を見る時の先生の眼指し、静かな声、打明けられる前から私は先生のお気持が分っていたに違いない。

謙二さんが急性肋膜炎になった時に、あんなに急に私が決心して、研究所をやめ、病院に謙二さんの付添で行く気になったのも、先生のあの懇願するような話し振り、取り乱した声、謙二さんを思うその心遣りに、打たれたというばかりではない。私は何かを無意識に期待していた。謙二さんの病気に同情したというためだけではなかった。その私の心の底にあったのは何だったのか。エゴイストなのは私の方ではなかったろうか。結婚。この別荘に来た初めに、先生と春の浅い山道を散歩しながら、曖昧な口調で先生からそのことを仄めかされた時に、私は内心踊り上るほど悦んでいたのではなかったろうか。今になって私がためらうのはどうしたわけだろう。年が違いすぎるとか、前の奥さんのこととか、二人のお子さんのこととか、そういう世俗的な問題が急に喚び起されたせいか。それとも、愛するということが私に分らないせいなのか……。

三沢早智子は文机の上に両肱を突き両手を組み合せたまま、かすかに溜息を吐いた。夜はもう遅く、高原の夜は晩春だというのに冷え冷えとしていた。彼女は火鉢の中の埋火《うづみび》を火箸の先でまさぐった。遠くで梟が啼いていた。

彼女は書きかけの手紙を読み返し、最後の二行ばかりを丹念に、初めに書いた字が見えなくなるまで、万年筆で抹消した。

麻生教授は机の上の片隅にあるサイフォンを乗せたアルコオルランプに火をつけると、またぞろその細長い封筒の中から幾枚も書かれた便箋を引き出した。彼がこの手紙を読むのはこれでもう三度目だった。

3

教授は本来はひどく忙しくて気を散らしてはならなかった。この週末に迫っている学会の幹事だったから、そのために用意することが色々あった。講演の草稿も作らなければならないし、業績発表者の研究論文の資料に予め眼を通しておく必要もあった。彼のデスクの上には書物やタイプ用紙やノート類が散らばって、一種の乱雑な秩序をつくっていた。

しかし今、三沢早智子の手紙を読み返している人物は、某大学英文科教授としての麻生肇氏ではなかった。それは一人の男鰥《おとこやもめ》にすぎなかった。

やがてサイフォンが規則正しく熱湯を吹きあげ始め、書斎の中に芳しいコーヒーの香を漂わせたが、麻生教授の眼は便箋の最後に近い部分に注がれたまま、放心したように動かなくなった。教室で学生を畏怖させる時の鋭い光は微塵もなく、暖かい、しみじみとした愛情がその眼の表情に浮んでいた。

……本当はそんなに考え込むことなんか何もないのかもしれません。先生がそのお話をなさった時に、私の中の無意識なものはとうにうんと言っていたのかもしれません。

麻生教授はランプの火を消し、それからサイフォンを取ってゆっくりとコーヒーをカップに注いだ。角砂糖を入れミルクをたっぷり加えた。それは彼一人の深夜の行事のようなものだ。妻が生きていた頃（三周忌はとうに済んだ）やはり彼は毎晩のようにこの行事を書斎でひとり取り仕切った。妻がまだ起きているような時には、茶の間まで彼女を呼びに行き、書斎に連れて来て話をすることもあった。妻は眠れないからと言って必ず断り、彼はそれを承知でただ相手ほしさに妻を側の椅子に坐らせておいたものだ。彼の方から茶の間へ行って話すことはなかった。夕食後の時間は一分一秒といえども彼は書斎の主であり、たまたま妻を呼び寄せることはあっても、子供たちをこの部屋に通して雑談するような習慣は決して見られなかった。

しかし妻が死んでから、彼は子供たちが書斎に出入するのを許すようになった。高校生と小学生だった二人の息子は、もう今迄のように母親任せではすまなくなった。親としての責任が彼の肩の上にのしかかって来たから、神聖な書斎も自ら解放せざるを得なくなった。彼は舜一に対しては相談相手の友人という役割を演じようとした。謙二に対しては遊び友達の役をつとめたいと思った。しかし果して成功しただろうか。どうも彼にふさわしい役割とは言えなかったようだ。大学教授としての麻生肇氏は、冷たい仮面のようなものを顔につける習慣を急に廃することは出来なかった。息子たちを愛していたが、机の上に広げられた英文の書物ほどにも彼等の心の中を理解することが出来なかった。二人はどんどん成長し、書斎が解放されたからといって、父親と話をするために気楽に姿を現すよりは、自分たちの部屋に閉じ籠って、自分自分の生活を持っているようだった。だいたい舜一と謙二とが仲のよい兄弟であるかどうかという点さえ、父親には判然としなかった。格別喧嘩をすることもなさそうだが、そんなのが普通なのだろうか。彼は自分が一人っ子だったために、兄弟の情愛というものがよく分らなかった。時々彼は（妻が死んでから）この広い邸の中に三人の人間が別々に住んでいるような気がした。女中はいても女けというものが感じられず、その接着剤がない限り家庭はぴったりとくっつかないとしか思われなかった。

いま彼はコーヒーを飲み、煙草をくゆらせ、自然にまた手紙の文面に視線を向けた。それは一種の女らしい承諾を意味していた。謙二が中学にはいった時、彼は息子のために家庭教師として三沢さんに来て貰った。三沢さんは充分によく指導してくれたが、彼女の存在は謙二に対してばかりではなく麻生氏に対しても徐々に影響を与えていたのだ。彼がそれを痛感したのは、謙二がこの冬急性の肋膜炎になって病院に入った時のことだ。麻生教授はそういう事態では全く無能だった。そして高熱に苦しんでいる息子は、父親の手を握るよりも、三沢さんの手の方をしきりと望んでいた。ベッドの側の椅子に腰を下し、かいがいしく息子を慰めている三沢さんを見詰めながら、彼は自分の中の孤独もまた暖かい手を求めていることを痛感した。彼の日常は書斎と教壇との間に明け暮れて、自分が孤独であることさえも実は忘れかけていたのだ。

彼はその文面から匂って来る女らしさ、優しさを、それがただ彼ひとりに向けられたものであることを、一種の快感を以て味わっていた。これは承諾なのだ。この若い処女は、私のような五十歳に近い鰥と結婚することを遂に肯んじたのだ。彼は満ち足りた気持で、綺麗な細字で認められた便箋をめくってみた。ふとその眼が或る一行に落ちた。

「……後悔していらっしゃるのじゃないかしら。」

一体自分が求めているのは何なのだろう、と麻生教授は考えた。家庭生活の復活か、老年の日の伴侶か、息子たちのための母親か。彼が一月ほど前に、謙二と三沢さんとのために借りた別荘の裏手の林の中の道で、暗示的な言葉を使って自分の気持を打明けた時に、真に彼を動かしていた動機はどのようなものだったのか。病院で息子を看病していた時のやさしい心遣い、赧らむ頬、見開かれた眼、その若々しい肉体、その素早い頭脳の回転、しなやかな手、そういう積り積った魅力に彼が思わず抗《あらが》い得なくなったというのか。それとも孤独な寝室、机の側の空いた椅子、無口な舜一の眼に浮ぶ光、謙二の時々見せる寂しげな後ろ姿、そういった映像が一時に彼を圧倒したためなのか。それを知ることは彼自身にも出来ない。しかし後悔はしていない、決して。決して？

彼はまたその手紙を一枚一枚めくり、彼が最も異様な衝撃を受けた一行の上に眼を落した。「……愛しています（思い切って恥ずかしいことを書きました）。」そのあとの二行ほどは抹消されていた。彼は既にその箇所を読み解こうとして無駄に時間を潰していた。彼のその努力は、要するにこの「愛しています」という映画の台辞のような、小説の文句のような表現に、擽《くすぐ》られるような悦びと、同時に甚だ異質的な困惑とを感じたからだ。英文学を専攻して今迄に数え切れないほどこの表現を横文字で読み、学生の前で講読した経験があっても、直接に彼自身を対象としてこの表現がなされたことは、また反対に彼が誰かにこの表現を用いたことは、ついぞなかった。ただ一度だけ経験した恋愛は片想いにすぎず、その忌わしい記憶はとうに忘却に追いやられてしまった。死んだ妻とは見合結婚だった。麻生教授は実に清廉潔白な、やや古風な、勉強家のかたぶつで通っていた。しかしそれは、今まで、彼の魂の中に告白するに足りるだけの愛が充足していなかったことを意味するのではないだろうか。

私は若者のように愛されているし、若者のように愛している。教授は冷たくなったコーヒーの最後の一口を啜り、その問題を頭の中から押しのけた。愛などということは苦手だ。愛は、たとえ不足しているとしても、結婚によって促され満たされるものだ。亡くなった妻との場合がそれだった。それだけの論理で充分に満足して、彼はその手紙を大事そうに封筒にしまいこみ、デスクの抽出に入れた。学会の準備をしなければならない。

若者のように、——その言葉が仕事に熱中している筈の教授の意識の閾に、しばしば明滅し、彼をこの問題の方へ引き戻した。どうして自分はもっと単純に悦び、それこそ若者のように万歳とでも叫ばないのだろう。結婚は一生の（少くとも後半生の）大事だし、学会はただ一年に一度の行事というにすぎない。それに私はこの一ケ月というもの、ただこの返事ばかりを待ち兼ねて、そはそはして暮していたのではなかったのか。毎週末、別荘へ出掛けて行くのは、謙二の健康になった顔を見るためよりは、三沢さんの微笑にあこがれて、今度こそは彼女の返事が、承諾の返事が、貰えると期待していたからではなかったのか。そのエゴイストの自分が、今になって大して嬉しそうな顔もせずに、机にしがみついているというのはおかしいじゃないか。

教授は椅子から立ち上り、書斎の中をぐるぐると歩き廻った。三沢さんに異存がないと分った以上、この問題は舜一や謙二とも相談しなければならない。とにかく舜一がどういう反応を見せるか、それを知ることが第一だ。舜一は息子というよりも相談相手だし、舜一にとっても決して無関係な問題ではないのだから。果して一緒になって悦んでくれるか、それとも軽はずみだと言ってひやかすだろうか。

奇妙に心が臆して、麻生氏はいつまでも部屋の中を往ったり来たりしていた。それから漸く決心し、ドアを明けてひっそりした廊下に出た。二階に昇る玄関わきの階段のところまで来た時に、玄関の戸が軋みながら開いた。

4

舜一は重い心を抱いて俯向き加減に玄関の戸を開いたので、階段の脇に父が立っているのを見上げた時には思わずぎょっとした。寝しずまった横町を歩きながら、彼の耳は雪ちゃんが別れ際に言った、くよくよしないでね、という言葉を聞き続けていた。くよくよしたって始まらない。小さなバアで酒を飲み気を霽《は》らそうとしたが、重い気分は自分の家に近づくにつれて一層重くなった。とどのつまりは親父が僕の帰りを待ち受けていると来る。

舜一は大人しく父のあとについて書斎へはいった。ガスストーヴが細目に点けられていて、部屋の中はむっとするほど生暖かかった。

「何処へ行ってたね？」

父は格別咎めるつもりで訊いたのではないだろう。舜一は椅子に腰を下し、自分が多少酒気を帯びているのに父が気づかないことを祈った。小言を言われるわけではない。父は放任主義で決して干渉はしない。ただ、自分が今夜酒を飲むような気分になったということが、自分自身に許せないのだ。

「雪ちゃんを送って行って……。」

後の方は曖昧に言葉を濁した。

「そうか、青山では皆さんお元気だったかね？」

舜一はやはり口の中で生返事をし、その時父親がどうやら機械的に質問していることに気がついた。親父何かに気を取られているらしい。とにかく僕のことじゃないらしいな。とすると、他に格別呼びつけられるような用件も思い当らないが。雪ちゃんにでも関係のあることかしらん。舜一は促すように父を見た。

「コーヒーでも入れてあげようか？」

「いやいいです。」

教授は手持無沙汰そうに煙草をくゆらせ、漸く本筋にはいった。

「実はお前に相談したいことがあってね。」

相談か。親父の相談というのはいつも結論を押しつけられるだけなんだが。

「三沢さんのことだが……。」

舜一は顔を起した。こればかりは見当もつかなかった。父親は机に片肱を突き、彼の方に横顔を見せていた。

「あの人も家に来てからもう随分になるからお前も気心は分っているだろう？　優しい人だし、謙二もよくなついているようだ。うちの人と言ってもいいくらい今迄にも随分と世話になった。そこでまあ私は考えたんだが、……私と較べれば年もずっと若い人なのだが……。」

そうか。舜一は思わず微笑を浮べそうになり、急いで口を挟んだ。

「つまりお父さんは、三沢さんと結婚したいというわけでしょう？」

父はびっくりしたように向き直った。

「どうして分った？」

「それは見当がつきますよ。お父さん何だか恥ずかしそうだから。」

「で、お前はどう思う？　賛成かね？」

その時不意に彼の心の中がきりきりと痛んだ。父親の真剣な表情が、彼自身の真剣な問題を喚び覚ました。

「賛成も不賛成もないじゃありませんか、これはお父さんの問題だもの、僕とは関係がないよ。」

それは多少よそよそしく聞えた。父親は熱心に弁明した。

「いやいや大事なことだ。お母さんが死んでからもう三年になる。私はもう二度と結婚するつもりはなかったのだが、しかし今みたいでは家庭とも言えないからね。お前は来年は大学を出るし、そうなればいずれは結婚することになるだろう。しかし謙二はまだなかなかだ。今年一年は休学するとしたら、これからのち女手なしで育てて行くのは私の手にあまるんだよ。あれは身体も弱いし、だいいち私という人間が、お母さんがいなくなってからは自分の身の始末さえさっぱりつかない位なのだ。それでついこういうことを考えた。本来はお前が結婚するまで待つべきだとは思うのだが……。」

「何も遠慮することなんかありませんよ、お父さん。いい人が見つかったら、お母さんのことなんか考えずに、自分本位におやりなさい。だいたいお父さんがそうやって独りでいるのは、僕等から見ても痛々しいよ。三沢さんがお父さんと結婚したくなるのは無理もないさ。」

「いやまだそうきめたわけじゃないんだよ、」と麻生氏は急に逃げ腰になって口を入れた。「まずお前に話を聞いてもらって、と思ってね。」

「僕なんかに聞くことはありませんよ。」

「それに謙二だって。」

「謙二か。謙二もびっくりするだろうな。まだ知らないんでしょう?」

「勿論。いずれ話さなければならん。ただ私はこの週末は学会があるので向うへ行けないいんだ。」

麻生氏は乱雑に本やノオトの散らばった机の上を一瞥した。

「じゃ僕これで。」

「ああもう遅いしね。」

舜一が書斎のドアを開いた時に、彼は父親から呼び留められた。

「そういうわけでこの週末は私は行けないんだが、お前が代りに行ってくれないかね？」

「謙二のとこですか？」

「そう。」

「そうだなあ、何とかしましょう。このところだいぶあいつに会ってないから。それで三沢さんに親父が嬉しがって僕に相談したと言っとけばいいんでしょう？」

「そんなお前、そういうつもりじゃない。余計なことを言ってはいかん。」

麻生氏の狼狽ぶりは寧ろ滑稽なくらいだった。舜一はそういう父親に日頃にない親しみを覚え、何かもう少しひやかしてみたくなった。その時不意に、心の中がまたきりきりと痛んだ。

「思い出した。お父さん、ひょっとしたら僕行けなくなるかもしれないんです。実は井口の奴がね。」

「井口君？」

「例の療養所にいる井口ですがね。今日学校で午後の四時限が潰れたので見舞に行って来てやったんですが。」

「ああ井口君、どんな具合かね？」

「悪いんですよ。時間の問題だと医者は言ってました。だから万一の時は……。」

「分った。」

「ではお休みなさい。」

舜一はドアを締め、廊下を通り、二階へ行く階段をそっと昇った。その一段ごとに心はまた重くなった。

彼は自分の部屋へはいり、電燈を点け、机の抽出からウィスキイの小瓶を引張り出した。電燈に透して中身の量を調べ、グラスに注いだ。いつからこんな癖がついてしまったのだろう。グラスを一息に傾け、陶酔が身体の中に沈んで行くのを味わいながら、そこで廻転椅子にどしんと腰を下した。それからグラスをまた満たした。軽薄だ、と呟いた。

どうしてさっきはそのことをすっかり忘れていたのだろう。親父が再婚するという、確かにほほえましいニュースだった。これで親父も幸福だし三沢さんもきっと幸福だろう。人には幸福になる権利がある筈だ。それなのに僕たちはどうしてこんなに身動きもならず行き詰ってしまったのだろう。一体誰の責任なのだろう。

舜一は居心地が悪そうに椅子の中で身体をよじった。グラスをまた傾け、ぐったりとなって眼をつぶった。そうすると井口の痩せ衰えた顔が鮮かに浮び上った。再び眼を見開いても、その蒼ざめた面影は消えようとしなかった。

——ありがたい、僕はこれで満足だ。君にも雪子さんにも本当に世話になった。

——気の弱いことを言うなよ。

——愛というのは人生の時間を永遠に変えてしまうのだ。僕はもう無限に長く生きたような気がする。

そう言って井口は、実に澄んだ、汚れのない瞳で彼を見詰めた。狭い個室の中の消毒薬くさい臭いに包まれて、舜一は寝台のすぐ側の丸椅子に腰を下したまま、友人の血の気のない顔を定まらない焦点のうちに見ていたのだ。愛か。何とその時、彼は苦い煎薬のようにこの言葉を呑み込んだことだろう。彼を信頼し、無邪気に感謝してくれるこの友人の前で、自分を罪人のように感じたことだろう。みんな間違っている、これは嘘だ、これは芝居だ、となぜその時彼は大声で叫び出さなかったのか。

舜一は頭を伏せた。雪ちゃん、僕にはとても耐えられそうにない、と彼は小さな声で呟いた。

5

謙二は例によって退屈していた。三沢さんが一緒に見てくれたあと、今まで机に向ってせっせと勉強していたのだが、時計を見てそろそろ十時になるのを知ると、窓の外が気になるので椅子をその側に運んで行き、表を見張ることにした。毎日一回、郵便屋さんが朝の十時過ぎに配達に来る。それが午前中のせめてもの愉しみだった。お父さんがまた何か面白い玩具とか本とかを送ってくれたかもしれない。中学の友達が手紙をくれたかもしれない。それにたとえ郵便屋さんに振られたとしたところで、本を読むよりは漫然と晴れ渡った空でも見ている方が、そして考えごとでもしている方が、ましだった。本というものは、彼の知らないことは書いてあるが、彼の知りたいことは書いてないのだ。

謙二は決して勉強が嫌いではなかった。この冬から学校を休んでしまったが、三沢さんがついているからけっこう中学二年の教科書もやっている。ただ彼の関心はともすれば自分勝手な空想の方へ走って行ってしまう。子供用のものでは間に合わず、小百科とか科学の事典とかを送ってもらい熱心に調べるのだが、肝腎のことはちっとも出ていない。

近頃謙二が熱中しているのは、すべてのものの「原型」ということだ。一般に子供は玩具をあてがわれると、いじくり廻しているうちに壊してしまう。それはどういう仕掛なのか、どういう構造、どういう原理なのか。時計でもラジオでも万年筆でも、分解してばらばらにしなければ気がすまない。それは子供から大人になりかけの年頃までに共通した、本能的な探求心だと言えるだろう。ところが謙二の場合にはそれがもっと抽象的なのだ。

例えば謙二は「はじめに言《ことば》ありき」ということを知っている。その言《ことば》とは何だろうかと考える。ロゴスなんていうギリシャ語まで覚えているが、初めにあったのはギリシャ語でも英語でも日本語でもない或る一つの言葉だ。さあそれが何なのか気になってならない。それは最も単純で、万国共通で、しかも意味があって、美しい言葉でなければならない。

それは或いは音楽と関係があるのかもしれない。最も単純な、美しい旋律、そのぎりぎりの最も短い形式、これも興味ある代物だ。音楽でなくて、ただの音でもいい。最も原始的な、最も古い、そういう音、それは何だろう。

謙二がこの春に別荘へ来てから一番熱心に調べているのは鳥の声だ。季節が進むにつれて裏手の林には色んな野鳥が来て鳴く。鶯や百舌《もず》やあかげらや雉子や小綬鶏《こじゅけい》や雀《から》族の小鳥どもや、それにそろそろ十一《じゅういち》や郭公や山鳩なども鳴き始めている。謙二は野鳥図鑑を調べ、双眼鏡で木の梢を覗きまわっているが、彼の目的は何よりもその鳴声、そして鳴声の最大公約数である原始音を見つけ出すことだ。「ジューイチ」とか「ホーホケキョウ」とか「チョットコイ」とか、鳥の鳴声のくせにその意味が日本語としても通じるものがある。それが謙二には不思議だし、ひょっとしたら鳥の言葉は万国それぞれに自分の国ふうの発音で聞かれているのじゃないかと思う。鶯なんか、謙二に言わせれば「ホーホケキョウ」と鳴くよりは「ホードッコイショ」と鳴くように聞える。そう三沢さんに言ったら三沢さんはお腹を抱えて笑った。謙二はこうした鳥の鳴声を英語で何と言うか教えて下さいと、お父さんに手紙で質問したのだが、その返事も今日あたり来るだろう。

そこにバイクの音が木立の向うから聞え出した。謙二は椅子から立ち上り、玄関の方に飛んで行く。靴をつっかけ、急いで門の方へ出て行くと、バイクの音がやんで、郵便屋さんが今しも車から降りるところだった。

「おはよう、郵便屋さん。」

「おはよう、坊っちゃん。今日はこれだけ。」

手渡されたのは葉書が一枚、宛名は三沢さんだがどうやらお父さんの字らしい。

「僕のとこへは来なかった？」

「残念だったね。」

「なあんだ。」

郵便屋さんは眼鏡を光らせながらにっこり笑い、バイクに飛び乗って爆音も高く行ってしまった。謙二は葉書を手に、ぐずぐずと玄関の方へ戻った。ああ今日も退屈な日だ。

「お手紙来まして？」

三沢さんが玄関まで出ていた。三沢さんにもきっと待ち遠しい手紙があるに違いない。いつもなら謙二の勉強を見終ったあとは、自分の部屋に閉じこもって研究とやらをしている筈なのだから。

「三沢さんに葉書が一枚、僕のとこへは来なかった。」

三沢さんは受け取った葉書を裏返してまじまじと見ていた。暗い玄関の中でその顔色が蒼白く冴えていた。

「お父さんは今度の土曜日にはいらっしゃれないのですって。」

「へえ、どうしてなんだろう?」

「学会がおありになるのよ。舜一さんが代りに来る筈だけど、それもひょっとしたら差支えがあるかもしれないって書いてあるわ。」

「それから?」

「それだけよ。」

「ちえ、馬鹿にしてるな。」

謙二は同感を求めるように三沢さんの顔を見たが、相手はちょっと頷いたきり、すうっと背を向けて行ってしまった。謙二はまた自分の部屋へ戻った。三沢さんはきっと児童心理学のレポートでも書いていて忙しいのだろう。手伝いに村の小母さんが昼間だけ来ているが、お料理もする謙二の監督もするそれに自分の研究とやらもあるんだからな。あんなに忙しくては退屈する暇はないだろうな。

ところが謙二の方は、お昼御飯までは自由時間なのだが、これといってしたいこともない。散歩に行ったところで格別珍しい鳥が見つかる筈もないだろうし（朝夕をのぞけば、今頃の時間は鶯と雀族《から》ばかりだ）、近いところは探険ずみだし、遠出をするには時間がないし、そうかといって学校の勉強は御免だし。

彼は机の上の勉強道具を片づけ、本箱から一冊の本を取り出して開いた。その頁はすっかり癖がついていて直に開く。レオナルド・ダ・ヴィンチの人体図。縦横に引かれた直線と曲線の中に浮び上る裸体の男。これが何度見ても見飽きることのない「原型」の人間なのだ。

謙二だってそろそろ女の裸体画にも興味がある。中学生たちは仲間うちで猥褻な話をする。しかしどっちかと言えば謙二は裸体そのものに魅せられるので、男とか女とかいう区別はそれほど大事ではない。彼は勿論はにかみ屋だから、裸体に覚えている興味を人に洩らすことはないし、ひとりでこっそり百科事典や画集を見ているだけだ。しかし彼が最も熱心に見詰めるものので、このレオナルドの人体図にまさるものはない。どうしてそれが面白いのか、説明のつかないものがその中に隠されている。

暫く見ていて、やがて別のことに考えが移った。これも彼が不断から熱中していることの一つだが、「暗号」というものがある。それは「原型」とも関係がないわけではない。

文字の場合に、その原型が何だろうかという疑問。日本語の片仮名や平仮名がその母体に漢字を持っていることは彼も知っている。その漢字は物の形を写した図形から始まっている。それが象形文字だ。絵から文字を生じるのは多分原始的な方法だったのだろう。しかし一方に、単なる記号としての文字、アルファベットのようなものもある。それは昔の形態に較べれば次第に簡単な形で済ませられるようになった。昔はアルファベットを覚えるだけでもとても大変だっただろう。ギリシャ語とかロシア語というのは今でも難しい。漢字だって略字が多くなって次第に易しくなって来ている。そうすると、すべての文字は、原型に於て簡単で、そのあと人間が進化するにつれて難しくなり（文字を解する階級が別に発達したということも理由になる）、それから現代ではまた簡素化して行きつつある、ということになる。

謙二が目下発明中なのは、最も簡単な文字ということだ。片仮名はほんの僅かの線だけで出来ているけれど、それでも無駄な線が多いような気がする。もしも斜の線が要らなくて、縦の線と横の線とだけで文字が構成されているのなら、よっぽど簡単になる筈だ。モールス符号はトンとツーとで出来ているが五個も組合せなければならない。謙二は縦の二本の線と横の二本の線とをうまく組み合せただけで、新しい片仮名を発明するつもりでいる。この暗号が出来上ったら、それで日記をつけようと思う。何なら雪ちゃんに手紙を書いて、大学生ぶって威張っている従姉をあっと驚かしてやろうという魂胆もある。いつぞや彼が、特別を以て雪ちゃんに彼の計画を洩らしたら、あら物好きね、と一笑に付された。

謙二は机の上に紙をひろげてせっせと記号を書きしるしていたが、そのうちにまた退屈になった。どうも四本の直線だけではうまく行きそうにない。どうも頭が集注しない。お父さんは学会で来られないのか。舜一兄さんにはどんな用事があるんだろう。詰らないな。馬鹿にしてるな。いっそのこと……。

謙二はそこで眼を輝かした。そうだ、うまい思いつきだ。これは面白いぞ、退屈がふっ飛ぶぞ。お父さんや兄さんはさぞかしびっくりするだろう。三沢さんだって、たまにはびっくりして、子供のお守みたいなつもりでいるのをやめた方がいいんだ。少なくともみんなの退屈がふっ飛ぶような面白いことなんだから、よく考えて実行してみるだけのことはある。

すっかり子供に返った生き生きした表情で、謙二は椅子の上から踊り上った。

6

三沢早智子が謙二がいないと気がついたのは、おやつの時間がだいぶ過ぎたあとだった。謙二の部屋へ行ってみると横になったような形跡もないから、また安静時間を無視して表に出掛けたことが分った。この間池に落ちたくせに、幸い風邪も引かなかったのをいいことに、またまた池の方へ悪戯をしに行ったのかもしれない。そこで池のあたりまで様子を見に行ったがどこにも姿が見えなかった。

加勢の小母さんを相手に夕食の支度をしているうちに、少しずつ心配になって来た。お昼御飯の時までは確にいたのだが、そのあとそれぞれの部屋へ引籠ってからは一度も会っていない。小母さんに断って裏山の方へ探しに行くことにした。

草の匂いのする道を次第に登って行った。林の中で鶯が綺麗な声で鳴き交している。先生と初めてこのあたりを歩いた頃は、こんなに鶯はたくさんいなかったと思う。郭公も遠くで鳴いている。郭公もいなかった。それに私は鳥の声なんか気を留めていなかったに違いない。

「謙二さん、謙二さあん……。」

鶯が、ホードッコイショ、と答えて、飛び立って行った。郭公が林の中と村の方とで互いに掛け合って鳴いている。彼女は急に寂しくなった。今朝先生から葉書が来て、この週末はお見えにならないと分ってから、心の片隅で何か訴えどころのない寂しさが次第に大きくなっていた。この前の手紙の返事らしいものは一行も書いてない、無愛想な、事務的な葉書だった。こうして山道を歩いていると、いつぞやの先生の言葉が今も耳許に響いて来るような気がする。その時は、先生は決して無愛想でも事務的でもなかった。

——私はね、時々こういう埒《らち》もないことを考えるんです。人生というのは、地面に穴を掘って、そしてそれを埋めることじゃないかってね。若い時には、一心不乱に、目的も何も分らずに、せっせと掘って行く。自分の廻りに掘った土が堆《うずたか》く積み重なる。そして何処からか、何時からか、今度はその土を穴の中に投げ込んでそれを埋めて行く。自分の掘った土ばかりじゃなく、他人の掘った土までもシャベルですくって穴の中に入れる。そして結局は初めと同じです、平坦な地面があるばかりだ。しかし人間は死ぬ時までそれが分らないのでしょう。地面を掘ることに何かしら意味があるかと思う、死ぬ時になって、自分は穴ひとつ掘ったともいえないし埋めたともいえない、地面は結局は平かだったことが分るわけです。その平坦な地面の上を風が吹き渡って、人間のした仕事なんてものはみんな忘れられてしまうのです。

——でも先生、何かしら意味があると思うからこそ、そんなことをするのでしょう? 単なる本能じゃないんでしょう? それに穴を掘るのと、埋めるのと、そこにどんな違いがあるんでしょうか?

——私にだってよくは言えない。一生掘り続ける人だってあるに違いない。若いうちは誰でもそうです。あなたなんかだってそうです。意味がある、有意義な仕事だと思うから学問をやっているわけでしょう。しかし私はもうそうじゃない。私は自分の掘った穴を何とか埋めたい、私の一生にそれだけの時間があるかどうか分らないのが心配なくらいです。つまり私は、人生というのは平坦な地面である、平坦であるのが一番いい、とやっと気がついたわけです。

——何時からそういうふうに、掘る方から埋める方に、お変りになったんですか？

——さあ何時からとも言えないな。これは老境にはいった証拠でしょうかね。私はとうに学問というものに失望し、自分にその才能がないことが分った。日本という国で英文学なんかやっていればみんなはかない気持になりますよ。良心がありさえすればね。私は若い頃イギリスに留学して、それでもう諦めてしまったのかな。それとも大学の教師として偉そうな顔をするのが、ほとほと厭になって来た頃から、こんな心持になったのかしらん。

——奥さんが亡くなられたのは？

——それよりも以前からですよ。しかし家内が死んでから、その分の地面も埋めてやらなくちゃと思いますよ。

——わたしもお手伝いをしたいと思いますわ。

彼女は自分の言った言葉を思い出した。お手伝い、それがあの時の散歩の間に、先生と彼女との心が一層親密になり、先生が遠廻しに自分の孤独を訴え、彼女が遠廻しに同情と同意とを洩らすようになったきっかけだった。しかし彼女にどれだけのことが分っていたのだろうか。彼女の心は先生の低いささやくような声を聞いているうちに、甘美な陶酔に誘われ、この尊敬する学者と結婚してもいいという気持が湧然と起ったのだ。それは果して愛だったのだろうか。

「謙二さあん……。」

夕暮の近くなった林の中に、彼女の呼声が木霊《こだま》し、遠くで返事らしいものが聞えたように思った。三沢早智子はその方角に身体をよじり、と同時に石に足を取られてその場に転倒した。その短い瞬間に、彼女の日常の意識が消え、穴というイメージと愛という観念とが、重なり合って彼女の上にのしかかった。私は深い深い穴の中に、暗闇の中に、二度とはそこから戻れない虚無の中に、いま落ちて行くのだ。そしてこの穴に落ちて行く以前の自分も、やはり暗い穴の中に住んでいたし、それ以前には、更に上方の、更に大きな、暗い穴の中に住んでいた。暗い穴の中に住んでいる人間がその穴の中の別の穴に更に落ち込んでしまった記憶、それを今彼女は思い出し、そして今、またまた新しい穴の中へ、より暗い穴の中へ、絶望的に転り込むのを感じ、そしてその穴の底には愛などというものの微塵も存在しない凍りついた孤独のみがあり、今自分は一切の人間的なものの場から離れて、底知れずこの愛の絶滅した状態のただ中へと行きつつあるのだと感じた。それと同時に、こうして落ちて行くことは生きながらの死であり、人生が平坦な地面でそこを風が吹き渡っているというその遙か上の方の地面に憧れ、その地面にどうしても戻りたいと思い、その地面の上を吹く風こそは人間の愛であると思い、落ちたくない、穴の中へなんか決して落ちたくない、地面へ戻りそこの風に吹かれたいと、必死になって、祈りつづけた。

それはほんの一瞬の暗闇、意識の領域のほんの小さな穴にすぎなかった。三沢早智子は倒れた身体を起し、身体についた埃を払い、いま倒れながら自分が何を見ていたか、何を考えていたかをもう忘れた。夕暮が彼女の周囲で次第に色濃くなりつつあり、見はるかす限り彼女は一人きりで自分の影だけが道の上に長く尾を引いているのを茫然と見詰めていた。

7

雪子は我が家にいるのと同じ気楽さで、舜一の部屋で腰を下したり、応接間でレコードを聞いたり、お勝手で女中と世間話をしたりしながら、舜一の帰宅するのを待っていた。子供の頃から遊びに来馴れていた家だったが、ここの伯母さんが亡くなってからは不思議と足が遠くなり、それに一昨年彼女が女子大学に入学してからは、高校生の頃のように気楽に足を運ぶには心の中の何かが邪魔をしていた。それは大好きだった伯母さんがいないためでも、三沢さんと気が合わないためでもなくて、全く別の理由、つまり理由にならない理由のためだった。彼女は舜一と表で会うことにしていた。

久しぶりに、それもどうしても急に会いたいような気分になって、学校の帰りに麻生家を訪れてみると、舜一もいず伯父さんもまだ帰っては来ず、広い邸の中はがらんとして応接間に花ひとつ活けてない有様。女中さんには悪いけど、女けのない家なんて寂しいものだと思うと、この前の晩別れた時の舜一の表情がまざまざと思い起された。

玄関の呼鈴が鳴った時に、彼女は電話で花屋から届けさせたありあはせの花を活けていたが、さっそく花鋏を放り出して玄関に飛んで出た。

「ただ今。」

「あらあら、謙二君か。」

「なあんだ、雪ちゃんか。」

二人とも一緒に名前を呼び合って思わず笑い出した。

「謙二君は別荘を借りてそっちに行ってるんじゃなかったの、三沢さんと？」

「そうだよ。」

「そうだよって？」

「僕ちょっと帰って来たんだよ。そんなに通せんぼしていないで通してくれたっていいじゃないか。お父さんは？」

「伯父さんはまだよ。じゃ応接間に通んなさい。私がお相手してあげる。」

雪子がまた花鋏をちょきちょきいわせている間に、謙二はお勝手に駆けて行って水でも飲んで来たらしく、口のまわりを手で拭きながら戻って来た。

「謙二君、それで荷物も何もないの？」

「うん。」

「何でまた帰って来たのよ、三沢さんと喧嘩でもしたの？」

「喧嘩なんかしないさ。退屈だったからさ。」

「退屈？　生意気ねえ。」

謙二は従姉が花を活ける手付を見ていたが、面白そうに口を挟んだ。

「雪ちゃんも花嫁修行がだいぶ進んだと見えて、なかなかうまいんだね。」

「生《なま》おっしゃい。だいたいその雪ちゃんなんてのが生意気よ。私は大学の三年生よ、謙二君は中学の二年生じゃないの、身分が違いますよ。」

「僕はまだ一年生なんだ。病気なんかしちゃったからね、」としょげたような顔をしたが、すぐに元気を取り戻して、

「じゃ何と呼べばいい？」

「雪子さんとかお姉さんとかおっしゃい。」

「雪子さんなんておかしいや。雪ちゃんが兄さんのお嫁さんにでもなれば、その時はお姉さんと呼んでやってもいいけど。」

「まああきれた。」

雪子は暫く謙二を睨んでいたが、話題を変えて攻勢に出た。

「どうして別荘で大人しくしてないの？　向うの方が面白いことは沢山あるでしょうに。」

「だから退屈だって言っただろう。」

「贅沢よ、そんなの。田舎の空気の方が哲学には向いてるのよ、そうじゃない、哲学者君？」

「何処にいたって退屈だよ、僕。」

「そうかなあ。謙二君には学校なんかより田舎にでもいる方がよっぽど向いていそうに思えるけどな。三沢さんはお伴で気の毒だけど。」

そこで不意に気がついた。

「三沢さんは知ってるんでしょうね？」

「何を？」

「何をって謙二君がこっちに来たことを。」

「知らないさ。僕はお昼御飯を食べたあとで、そっと抜け出して来たんだ。三沢さんだって退屈だろうから、たまにはびっくりした方がいいんだ。そう言えば僕もうお腹がぺこぺこさ。」

「あきれたわねえ。三沢さんは責任感旺盛だから、今頃は死にそうなくらい心配してるわよ。さっそく電報を打たなくちゃ。」

雪子が電話器にしがみついている側を、謙二は夕食の催促にでも行くらしくお勝手の方へ姿を消した。

雪子は舜一と話をしたら夕食前に帰ろうと思っていたが、謙二が無理に引き留めるのでとうとうゆっくりすることにした。伯父は帰って来なかったし、舜一は弟の出来心にちっとも小言を言わなかったから、夕食の間も謙二はひとりではしゃいでいた。雪子は舜一が暗い気分でいることを知っていたし、その気分は彼女にも伝わって来ていたが、謙二に調子を合せて強いて自分を陽気に振舞っていた。夕食後暫くして、一人旅に疲れたらしい謙二が入浴をすませるともう寝ると言って引き下ってしまったから、彼女は舜一の部屋で初めて彼と二人きりになった。そうすると気づまりな程二人の間に沈黙の深い淵が横たわった。

舜一は雪子にとって従兄だった。いとこどうしなんてものは、兄妹《きょうだい》と似たようなもので、愛し合っているとしても当り前のことだと彼女は考えていた。それは小さい時分からの習慣のようなものだった。

その時間はごく自然で断絶することがなく、日常の中を無色透明に、無意識的に流れていた。その時間が何時からか変色し、透明なものと不透明なものとに分れ、永遠の破片としての燃え上る瞬間と無意味な忘却としての冷たい流れとの二種類に分類された。その変化は彼女ひとりに起ったのではなく、舜一もまたそれを自覚し、この共通のものを所有することによって新しい時間が、——刻々に何ものかを生み出し創り出す時間が、二人の魂の中に共通に流れ始めた。

それは若々しく、希望に彩られていた筈なのに、誰ひとりそれを知っている者がないということのために何処かしら秘密めいた影を持ち、その影が二人の愛を一層鋭く、強く、官能的にした。

しかしその間はまだよかった。時間は秘密な幸福に充ちていた。しかしその時間が異臭を放ち、夜のように不吉になり、日常の時間にもその影響を投げ掛けるようなただ一種類のものになったのは、明かに井口が、この舜一の親友が、二人の間に登場して来てから後のことだ。井口はこの二人、自分の最も親しい友人とその従妹との間に、秘密があるとは露ほども勘づかなかった。田舎から上京して学資が続かなくなった井口は、無理なアルバイトを重ね、そのために結核に冒され、一年ほど休学した。そのあと完全に恢復したわけでもないのに更に身体を酷使したので、再発して倒れた時には取り返しのつかないほど悪化しているのが発見され、すぐさま或る療養所に送られた。そしてその時はもう遅すぎて手術の出来るような段階は過ぎていたし、新しい薬の効果も及ばなかった。本人自身が助からないことを自覚してしまったために、医者の努力もいっこうに報いられなかった。それは貧しい学生の、野心と現実との間の挫折を示す一つのケースとも言えた。

雪子は無邪気に時たま療養所に見舞に行ったが、それは前からの識り合いであるからというだけで、井口がどんな気持でいるのかは気がついていなかった。舜一の方はしばしば井口を訪れた。二人が一緒に行ったこともあったが、大抵は時間の都合で二人は別々に訪問した。そして井口が告白した時に、雪子は雪子として自分を欺き、舜一は舜一として自分を欺いたのだ。二人は二人ながらそのことに対して責任があった。二人の時間はその時から完全に変質した。

雪子は井口から彼女を愛していることを告げられて、驚きのあまりはかばかしく返事をすることも出来なかった。井口は彼が愛していることを言ったばかりか、彼女が療養所に見舞に来てくれるのは、彼女の方も彼を愛している無言の証拠であろうと錯覚していた。それが言葉の端に感じられた。その時雪子の心を揺すぶったものは、この死期を自覚した若い不幸な男性に対する同情と憐憫だったのだろうか。自分が愛していると言ったところで、その嘘は自分に対して何の負い目にもならず、ただ相手を慰め、勇気づけるだけだと考えたのだろうか。彼女ははっきり肯定したわけではない。曖昧に微笑し、そのことによって結局は井口に彼女の愛を確信させてしまった。しかし一つの嘘はその周囲に変質した時間を、その時間の亡骸を、積み重ねさせた。

舜一が井口から雪子を愛している、そして雪子もまた井口を愛していると告げられた時に、彼は友人の幸福そうな、満ち足りた表情を眺めながら、驚きを憐憫で覆い、自分の感情を押し殺した。彼は嘘をついたわけではなかった。彼は何も言わず、よかったね、と呟いただけだ。しかし実質的には彼は嘘以上のものをつき、相手を欺くと共に自分をも欺いたのだった。それ迄は雪子との間に共通した時間が流れていたのに、今や別々の、孤独な、死んだ時間しか存在しなかった。

沈黙が長びき、二人がそれに馴れ、それから漸くぎごちなく感じ始めてからやはり押し黙ったままで暫く過ぎて、やっと雪子が口を開いた。

「どうしたの、舜一さん？　何を考えているの？」

舜一は顔を起した。

「何を……って、どうしてこんなことになったのか、どうしてもそのことを考えないわけにはいかないんだ。僕は君を咎める気はないよ、僕だってやっぱし卑怯だったんだから。けれど君はなぜ最初の時、井口がそれを言い出した時、あいつを愛していると言ったんだい？」

「言ったわけじゃないのよ、ただ井口さんにそう思われてしまっただけ。もう何度も説明したじゃないの。」

「じゃ、なぜそう思われるようなふうに君がなったんだい、それが聞きたいんだ。」

「そうね、なぜかしら。つまり井口さんの痩せこけた顔を見ているうちに、いつのまにかそういう気持に、愛してあげなければいけないような気持に、なってしまったんでしょうね。舜一さんは？」

「僕もそうかもしれない。僕にだって分らない。そんな筈がないことを二人ともちゃんと承知していながら、物のはずみで、こういう重大なことが起ってしまうものだろうか。しかしね、ここには一つだけ、僕等をそういうふうにさせてしまったはっきりした理由がある。それは井口が死にかけている、しかもそれを僕等が知っているということだ。死にかけた人間は、絶対だ神聖だという迷信じみたものが、僕等の中に、つまり人間一般の心の中に隠されていて、それに逆らってはいけないという気持が何処かで働くのだ。しかし死んで行く人間というのはそんなに絶対なんだろうか？」

「井口さんのこと、そんなふうに言っちゃ悪いんじゃない？」

「そんなふうって、死にかけてるってことかい？　しかしそれは真実なんだよ。現に今この瞬間に、あいつは死んでるかもしれない。君がそう言って遠慮深くなることが、既に死んで行く人間を絶対だと見ることの一つの証拠みたいなものだ。」

「でもそれでいいんじゃないの？　死んで行く人は気の毒だと思って、……」

「嘘をつくことがかい？　そんな筈はないだろう。死んで行くというのは現に井口が生きていることだし、僕等が生きているのはいずれは死ぬということじゃないか。死んだ人間は神聖かもしれない。しかし現に生きている限り、あいつと僕等との間にけじめはない筈だ。反対に言えば、僕もまた死んで行く人間の一人なのだ。僕が明日死なないとどうして言える？」

「気持の悪いこと言わないで頂戴！」

「何も気持の悪いことはないさ。」

雪子は議論の蒸し返しに来たのではなかった。彼女はもっと簡単に、楽天的に、考えていた。彼女はただ舜一のことを心配し、くよくよ考えたって始まらない、井口さんが死んだら（そういう仮定は許すべからざるものだと思いながら）また元通りになると、舜一に説明して、元気を出させようと訪問したまでだった。本質的に何の変ったこともない筈だ。私は舜一さんが好きだし、舜一さんは私が好きなのだから。

「もうよしましょうよ、この話。私が好きなのはいつだって舜一さんだけよ。」

雪子は立って舜一の椅子の側へ行き、その片手を取ってそっと自分の頬に当てた。舜一は何か言いそうになって口籠った。

「雪ちゃん。」

不意にそう叫んで舜一が自分の手を引き、そのはずみに雪子の身体は相手の手を握った両手ごと椅子の上の舜一の方へ倒れかかった。彼女は危く膝をついて身体を立て直した。舜一は狂暴に彼女の頭を抱きしめ、両手で支えるようにその顔を持ち上げた。

雪子は眼を閉じたが、その接吻は海の潮のように鹹《から》く感じられた。なぜかそれは罪の味のような気がした。

8

何でもないと自分に言い聞かせながら、不吉な空想に自分自身を苦しめていたから、夜遅く、やっと懐しい麻生家の玄関の呼鈴を鳴らした時に、三沢早智子の気持は今にも崩れそうだった。玄関の電燈は初めから点いたままで、その戸は待ってでもいたように直に開いた。その戸を開いたのは麻生教授だった。

「先生。」

そう呟くのと同時に、眼の前がぼうっと潤んで来た。

「謙二はもう寝ています。どうも心配を掛けて済みませんでしたね。さあ私の部屋にいらっしゃい。」

廊下を教授のあとからついて行きながら、ここでは万事が日常の通りで、女中はもう寝み、舜一さんは二階で勉強し、謙二さんは眠ってしまい、一人で心配していた自分だけが異分子であるような、拍子抜けのした印象を受けた。しかし書斎に通って、夕食はと教授に訊かれ、駅弁で済ませましたと答え、それならコーヒーでもと、教授が愛用のサイフォンをいじくっているのを見詰めているうちに、彼女の不安もだんだんに霽れて来た。書斎の中には煙草の煙が垂れ込め、それが高原の澄んだ空気に馴れている身には息苦しく感じられ、しかも次第にそれを懐しく、親しいものに思い始めていた。コーヒーを立てるのは麻生氏個人の神聖な行事で、それをよく弁えていたので彼女は無言のまま相手が口を利くのを待っていた。

「私も今晩は遅く帰ったものだから、実は謙二と話はしていないんですがね。ちょうど雪子が来合せていたそうで、さっそくあなたに電報を打ったからよかった。とんだ心配をしたでしょう？」

「私の心配はいいんですけど、どういう訣なのか訣が分らなくて。」

答えるうちまた眼が潤みそうになった。サイフォンが規則的な音を立て始めた。

「舜一に様子を聞いてみたら、本人はけろりとして退屈だったからなんぞと言っているようですよ。あまり深刻に考えないで下さい。ああいう年頃の子は気紛れでね。これはあなたの方の専門だが。」

「何かわたしに不満でもあったんじゃないでしょうか？」

「そんなものの ある道理がない。今週は私が行けない、舜一も行けるかどうか分らない、それを知ったから自分の方で来る気になったと言ったそうです。」

「でも、わたしに何にも言わないで来てしまうなんて。」

そこでもう涙が溢れて来てしまった。泣いてはいけない、先生が困るだけだと自分に言い聞かせ、必死に抑えようとしたが、今迄の苦心がみんな水の泡になってしまったような気がして、無性に悲しくなった。今迄に一度だって泣いたことはなかったのに。

「さあそんなに真剣に考えるほどの問題じゃない。まあコーヒーでもお上んなさい。」

三沢早智子は手許のバッグからハンカチを出して涙を拭き、少しばかり微笑した。ぶきっちょな手付で教授の入れてくれたコーヒーが、暖かそうな湯気を上げている。多分その通りだろう、謙二さんの気紛れで意地悪からではなかったのだろう。私が泣いたのは、謙二さんのせいよりも、先生のあの短い葉書のせいだったかもしれない。彼女はゆっくりとコーヒーを啜った。

沈黙の間で、教授は二度ほど何か言い出しそうになって止めた。それからぽつりと言った。

「お手紙をありがとう。」

彼女はかすかに赧くなった。先生の方はちょっと身じろぎをした。

「私は嬉しかった。返事を書こうと思ったが、どうも手紙は不得手でしてね。」

彼女は頷いた。急に不安がまったく去って行き、心の空が明るく霽れ渡るのを感じた。

「舜一にも話してみました。あれも悦んでくれた。謙二には明日にも話してみましょう。何だか私にばかり都合がいいようで心苦しい。あなたは本当にそれでいいと思うんですか?」

彼女はまた頷いた。

「私にだって都合がいいんですわ。」

安心して彼女は如何にも若さに溢れた微笑を見せた。しかし彼女の頭脳は素早く廻転し、いま聞いた言葉の中に一箇所だけ不安のたねを見つけ出した。

「でも、明日謙二さんが何と言うかしら?」

「謙二は大丈夫、あれはあなたのことが大好きですよ。」

「でも今度みたいなことがあったんでは。」

「いやいや、あなたはどうも少し気にしすぎているようだ。単なる子供らしい気紛れですよ。あの子の気持は私には何でも分っています。」

その自信のある口調に気分はすっかり落ちついた。

「わたし謙二さんの寝顔を見て安心したいんですの、」と甘えるように言った。

三沢早智子は謙二の寝ている寝台の側へ行ってその顔を覗き込んだ。部屋の電燈の明りを点けたために、眼が覚めはしないかと心配したが、そんなこともなくすやすやと眠り続けていた。彼女が蒲団を直してやった時に、小さな唸り声を立てて横向に寝返りを打った。

「よく寝ています、」とあとからついて来た教授の方を振返って、彼女は小声で呟いた。

二人が入口まで戻って、壁際のスイッチを消した時だった。謙二が明かに寝言を言った。

「母ちゃん、母ちゃん……。」

二度ほど、幼い声で。

暗い部屋の中に片足を残し、廊下の明りに半身を照し出されながら、彼女は再び暗黒の穴の中にまっしぐらに落ち込んで行く自分を感じた。矢のように、はてしもなく……。先生の手が背中の上をやさしく撫でているのを、鉛の手のように重たく不気味に感じていた。

9

謙二は片手にバスケットを持ち、山道をずんずん登って行った。山道といっても、林の中を抜けるだらだら坂で、山までは遠かったし勿論山まで行くつもりはなかった。三沢さんが一緒に行きましょうかと言ったのだが、僕ひとりだって大丈夫だよと言うと、奇妙なほど言いなりになって、おやつをバスケットに詰め込み、水筒を持たせてくれた。何だかひどく優しくしてくれるので、気味が悪いくらいだった。

しかしその理由は謙二にはちゃんと分っていた。つまり三沢さんはお父さんのお嫁さんになろうというわけだ。だから僕に対して御機嫌を取らないわけにはいかないのだ。一人で黙って汽車に乗って家へ帰った時、お父さんに叱られはしないかと実はびくびくしていた。あの晩夜中に厭な怖い夢を見たのはそのためだ。しかし明くる朝、お父さんはちっとも僕を叱らなかった。これからは何でも三沢さんと相談してからでなければいけないよ、と言っただけだった。お父さんはきっときまりが悪かったんだ。あの時お父さんは何と言ったっけ。

――謙二、今迄だって三沢さんはうちの人みたいだったね、三沢さんに本当にうちの人になってもらうとしたらお前どう思う?

うちの人というのはよく分らなかった。雪ちゃんだってうちの人じゃないか、僕のことをつかまえて謙二君だとか哲学者君なんぞと言うんだもの。

――つまりお父さんはね、お母さんが亡くなってから色々と不自由だから、今度ね三沢さんにうちの人になってもらおうと思うんだよ。

うちの人ってのはやっぱり分らない。

――つまりお母さんの代りになってもらうのさ。

それは分る。今だってそうじゃないか。

――いや、つまりお前のお母さんに、新しいお母さんになってもらうのさ。

お母さんとお母さんの代りというのとでは違うんじゃないだろうか。しかし僕は黙っていた。

――謙二、お前の考えを言って御覧。お前は三沢さんが好きだろう?

――好きでも嫌いでもないや。

実際そうなんだもの、他に答えようがない。

——三沢さんにうちの人に、つまりお前のお母さんになってもらってもいいかい？　決してお前の厭なようなことを、お父さんは無理にしようとは思わないんだよ。

——僕はどっちでもいいや。

——もっと真剣に答えなさい。

——だからさ、僕はどっちでもいいんだよ。お父さんや三沢さんの好きなようにすればいいじゃないの。

大人たちは煮え切らないものだ、と謙二は考えた。何も僕に遠慮する必要なんかないのに。三沢さんは僕の御機嫌を取って、おやつを詰めてくれたり、行ってらっしゃいと言ったり。それ位なら、わたし謙二さんのお母さんの代りになってあげるから、あなたもわたしをお母さんの代りに好きになって、とか何とか直接に言ってくれればいいのに。その方がよっぽどさっぱりしているのに。

しかし謙二は愉快でならなかった。それはこの前の無断外出が格別叱られないで済んだためでも、今日三沢さんが快く遠出を許してくれたためでもなかった。それも多少は関係があるけれど、愉快のたねはこのバスケット、馬鹿に重たくて、しょっちゅう手を持ち替えているバスケットの中にあった。その中にあるのはおやつのサンドイッチばかりではない。三沢さんのつゆ知らない秘密、というよりも誰ひとり知らない秘密の品物が、このバスケットの中にこっそり隠されているのだ。謙二は今、珍しく退屈ではなかった。いな、三沢さんと一緒にここの別荘に戻って来てからは全然退屈ではなかった。彼の無断外出、彼の小旅行は、素晴らしい収穫を齎《もたら》していた。

彼は小一時間以上歩いた。だらだら坂でも登りは登りだから相当にくたびれた。これまでの山道で誰にも会わなかった位だから、もう大丈夫だろう。彼は汗を拭きながら道の左右にひろがっている落葉松と赤松との雑木林を見廻した。それから左側の方へ、林の間を抜けてどんどんはいって行った。

林の中には陽の光が枝々の間から射し込み、草いきれの匂いが鼻をついた。生れたばかりの蝉の子が樹々の梢でジーッとうるさい程鳴き続けていた。一番高い枝で日雀《ひがら》がツッピン、ツッピンと鳴いていた。謙二は花の散ったあとの、新緑の美しい大きな辛夷《こぶし》の樹の蔭に腰を下した。爽かな風が吹いて枝々の葉をそよがせ、彼のほてった頬を冷ました。もう晩春というよりは初夏に近い気持のよい午後だった。

謙二はまず水筒のお茶を飲んだ。バスケットを開いておやつのサンドイッチを食べたが、そのバスケットの底にこそ彼の秘密が隠されていた。しかし彼はおやつを食べ終るまで待てと自分に言い聞かせた。何かの目的があり、それを期待しつつある時間というものは、彼にとって最も愉快な、少なくとも退屈を忘れさせてくれる貴重な時間に他ならなかった。そして彼が今、日頃の退屈を忘れているのには、この秘密の品物への期待がきっかけとなっていたが、同時に現に彼がいるこの位置、この状況、この精神的雰囲気というものも、作用していたに違いなかった。

ここで謙二の退屈の領域というか射程というか、その限界である二つの極について説明しておこう。これは謙二自身の表現なのだが、一方の極には「石」があった。他方の極には「風」があった。

石は彼にとって恐怖の象徴のようなものだ。この石は具体的な、現実の石を指すのではない。意識が凝固して、あらゆる思考がそのエネルギイを失い続け、次第に小さく次第に冷たくなり、遂には一点に集注して生命のない単なる塊りと化してしまう。それが石だ。魂の化石した状態、そこに何の自由も、何の行動も、何の想像も許されない状態、それ自身が冷たい死んだ塊りにすぎず、呼ぶことも叫ぶことも出来ず、もうこれからは退屈だなんぞと贅沢なことは言わない、どんなに退屈だって我慢すると誓っても、もう退屈なんか微塵も存在せず、いな考えることさえも存在せず、僕はいま石になりつつある、もう石になってしまった、もう駄目だ、という固定した意識、恐怖と不安との他に何もなく、しかもこの石の重たさのみがひしひしと感じられる状態、——それが石だ。

それはごくたまに日常の時間の中で彼を訪れることもある。しかし多くは夜、夢の中で彼は石となる。無断で上京した晩も、彼はくたびれて早く寝た。そして夢の中で彼は何を見たのだろうか。彼はもうそれをはっきりと思い出すことが出来ない。何かうごめいているものが沢山いた。その中には三沢さんや雪ちゃんや兄さんなんかもいた。みんなで隠れんぼ遊びをして、いなくなった彼を探しているようだった。そして不意に彼は自分が石になったことに気がついたのだ。彼の周囲を、うごめいている物が幾つも幾つも通り過ぎた。しかし彼は身動き一つ出来ず、自分の呼吸している空気が次第に濃厚になり、それが気体から次第に液体状の粘液質のものに変り、次いで次第に固体化して、自分の身体をも含めて一個の石と化しつつあることを、鋭敏になった意識の全域で感じ取っていたのだ。恐怖のあまり彼は叫んだ。母ちゃん、母ちゃん。しかし声は出ず、たとえ母ちゃんがその声を聞いたところで、どうして彼だと気がつくだろう。そこに謙二がいるわけでもなく、ただ一個の小さな冷たい石があるばかりなのに。彼は暗闇の中で眼を覚まし、自分が石ではなかったことを知り、深い溜息を洩らしたが、その瞬間でも恐怖はまだすっかり抜け切ったわけではなく、石から完全に人間に戻ったのではないような気がしていた。いつまた石になるかもしれない恐怖が、尚も彼の呼吸を早くしていた。

一方の極には「石」があり、そこから意識の領域がひろがり、「賭」とか「原型」とか「暗号」とかの精神の昂揚が退屈の中に渦をつくり、それから退屈が最も純粋に自然と同化した状態に「風」があった。

例えば彼は今辛夷の樹の下で何を考えるともなく鳥の声や風の音を聞いていた。風の音、それは不思議なものだ。風そのものには姿もなく形もない、況《いわん》や音もない。しかし風が吹き過ぎて行く時に、あらゆる物と触れ合ってそこに微妙な音を生じる。そういう物たち、樹とか建物とか電線とか草原とかがないところでも、人間の耳は、もし訓練されるならば、もし魂が完全に風と同化するならば、そこに風の固有の音を聞くことが出来るかもしれない。それがひょっとしたら原始音なのかもしれない。彼は新緑の小さな沢山の葉群《はむれ》の間から洩れて来る陽光を浴びながら、自分の意識が少しずつ少しずつ溶けて行き、広がり、稀薄になり、空気の中に混り合い、遂には風と共に遠くへ遠くへと運ばれて行くように感じた。それが風だ。最も幸福な、平和な、満ち足りた気持。その時不安は全く存在せず、魂は暖かく、肉体は忘れられて、うっとりするような時間のみが無限に続く。

しかしそれは無限には続かない。そうした陶酔はやがて覚めるし、またそうしばしば彼を訪れるわけでもない。彼は大抵は退屈していて、その状態の中で色々なことに興味を持ち、そして直にそれに厭きるが、ただその両極にはいつでも石と風とがある。石になるか風になるか、それはいよいよのその時まで、彼自身にも分らないのだ。

今や謙二は急に意識を取り戻し（これほど熱心に待ち望んでいた瞬間が来ていながら、おやつのあとでいつかけろりと忘れていたのは不思議でならなかったが）、胸をどきどきさせながらバスケットの箱を開いた。無造作にその中から重たい品物を取り出した。それは一個の拳銃だった。

それは魔法の品物のように彼の眼の前に、彼の掌の上に現れた。その蒼味を帯びた鈍い光沢の銃身、ぎざぎざの付いた握り、弾丸のはいる中心部の弾倉のふくらみ、どこからどこまでうっとりするような一個の芸術品だ。彼はその武器を掌の上で撫でまわした。その重みを量った。

謙二がそれを発見したのは、父親の書斎の中でだった。一晩泊ったあくる朝、彼は父親に書斎に呼ばれ、叱られる代りに予想外のニュースを聞かされ、どっちでもいいやと答えた。父親はよく考えてみなくちゃいけないとさとして、大学に講義をしに行ってしまった。兄さんも学校へ行き、三沢さんは暫くぶりに研究所へ出掛け、女中は近所へ買物に行って皆が留守になった隙に、もう一度書斎の中に忍び込む気になった。それは謙二が例によって退屈だったせいだろうか。それとも父親に叱られなかったので少々図に乗ったというのだろうか。

決して悪気で探しものをしたのではない。初めは英語の鳥類図鑑を探しに行ったのだ。英語では鳥が何と鳴くか、それをお父さんがなかなか教えてくれないから、自分で図鑑を調べてみる気を起した。本棚を探し廻ったが本がたくさんありすぎてとても手に負えなかった。そこで退屈半分、整理簞笥の抽出を明けてみたり、椅子に乗って天袋を開いてみたりしているうちに、たまたまその箱を見つけ出した。菓子折くらいの、もっと深さのあるモザイクの箱で、その上に留学記念と書かれた小さな紙が貼ってあった。謙二はそれを抱えて床の上に坐り込み、鍵の掛っている箱をかたかたいわせているうちに、やがてぱたんと蓋が開いた。まるで玉手箱だった。外国の郷土人形みたいなものや、文鎮や、ナイフや、指輪や、鍵や、メダルや、切符や、束ねた手紙類や、ごたごたと種々様々なものが詰め込まれていた。こんな面白いものがあったのにどうしてお父さんは僕にくれなかったのかな、と少々怨みに思いながら、大事そうに一つ一つ取り上げてみた。その中にこの拳銃がはいっていた。

それは六連発の、蓮根型の弾倉を持ったレヴォルヴァだった。なぜそんなものがあるのかは考えなかった。ただもう夢中になっていじくり廻し、安全装置に気がつき、弾倉を開く仕掛をも発見した。弾倉の中はからだった。別に黄色い麻の袋に小石のようなごろごろしたものがはいっていた。それがこの拳銃の弾丸らしかった。

誘惑はあまりに強烈だった。拳銃と弾丸。六連発。一発撃つたびに弾倉がくるっと動いて、次の一発が用意されるのだ。もしも別荘の裏の林の中でこれを撃ってみたらどんなだろう。あの辺には誰もいないし、危険なことは何もないし。それにお父さんはこんな箱のことをすっかり忘れているらしいから、そうっと返しておけば気がつく筈もないし……。

いま謙二の掌の上で拳銃は太陽の光線を受けて誘惑するようにきらりと光った。彼は有頂天になっていた。黄色い袋の中から弾丸を一発だけ取り出し、装填した。その瞬間からこの拳銃はもう生き物だった。死と生とのすべての可能性を孕む魔物だった。彼はそれを右手に握りしめ、左手でその右手の肱を支え、構えたままぐるっと自分の周囲を見た。

あたりは静かだった。日雀が朗かな声で鳴き交し、蝉の子はジーッと唸り、そして微風は木の葉をそよがせてかすかな音を立てていた。彼は構えた手が震えるのを感じた。もし僕がこの引金を引けば、その瞬間に一切のものがこの一発の銃声に支配されるだろう。鳥は飛び立ち、蝉は鳴きやみ、風もまた吹くのを止めるだろう。僕がこの人差指にちょっと力を入れさえすれば。しかし何を狙うのか。ただ無闇とぶっ放すだけでは物足りないような気がする。彼は手を休めてだらんと垂らした。何を撃とうかと考えながらあたりを物色した。

偶然が彼に飛んでもなくうってつけの獲物を教えた。ほんの側の背の高い赤松の樹を見上げた時に、そのひょろ高い樹の幹に、彼は一羽の啄木鳥《きつつき》が垂直にとまっているのを認めた。腹のあたりが赤かったからきっとあかげらなんだろう。キョッキョョッと鳴きながら（そういえばさっきからその声が聞えていたのを思い出した）、幹を伝わって跳ねるようにすいすいと攀じ登って行く。と、てっぺんまで登るとひらりと舞い下りて来て、またキョッキョョッと鳴きながら同じ動作を繰返す。よし、あれにきめた。

謙二は右手を持ち上げ、左手でその肱をしっかりと支えた。何も啄木鳥を撃つ気はないんだから、たとえ当らなくても構わないんだ。絵を描く時にモデルが要るように、ピストルを撃つ時には目標が要るというだけのことだ。

拳銃は高く持ち上った。鳥の動作につれてそれは少しずつ動いた。今だ、指がぐっと引金を握りしめた。

猛烈な音がして、反動で身体が思わず倒れそうになった。凄い、と叫んだ。

しかし偶然は更に驚くべき作用をした。松の幹から、その啄木鳥が音を立ててばさっと草の上に落ちて来た。彼の撃った弾丸が命中したらしい。木霊《こだま》よりも早く、その鳥は彼のすぐ側に落ちた。

「ああっ。」

謙二のその声は鳥の悲鳴のように迸《ほとばし》り出た。次の瞬間彼は拳銃を手から滑り落し、その拳銃も、獲物も、バスケットも、水筒も、すべてを置き忘れたまま、後をも見ずに逸散に走り出していた。

10

麻生教授が留学記念と書かれた紙の貼ってあるモザイクの箱を取り出す気になったのは、三沢さんに何か贈物をしようと思い立ったからだった。教授はこのところ多忙で贈物を探しに町へ行くだけの時間がなかった。しかし三沢さんと結婚するつもりになり、彼女の方もそれを承諾し、二人の間だけでもこうした約束が取り交された以上、何か特に記念になるものを彼女に贈りたいと思った。そして彼は気がせくままに、久しく忘れていた、そしてそのことを思い出さないように無意識に努めていた、このモザイクの箱に思い当った。

彼はあちらこちら探し廻り、やっと天袋の中に目的のものを見つけ出した。この中にあるのは青春の形見のようなもの、とうに役に立たなくなったものだ。しかし何かしら若い娘を悦ばせるようなものがそこに見つかるかもしれない。箱はスタンドの灯に照らされて机の上に据えられた。しかし鍵は果して何処にあったやら。彼は考え込み、それからためしに蓋を明けてみた。蓋はすぐに明いた。

そのことを疑うよりも早く、教授は中の品物を一つ一つ取り出していた。細々とした品物が、古びた時間の中から幾つも甦って来た。若い娘の気に入りそうな人形とかメダルとか蠟燭立とか宝石の細工物とかが現れた。それと同時にオクスフォードの坂の多い石甃《いしだたみ》の道が、蔦の絡まった教会堂が、チャペルの鐘の音が、ゴチック式の塔が、古い酒場の看板が、蒼白い光を漂わせた街路燈が、彼の眼の前に浮び、彼の耳許に響いた。早口の綺麗な英語を喋るイギリス娘の声が、チャペルの鐘の音に重なり合い、その金髪が奇妙な笠をかぶった街路燈の淡い光の中にきらきらと光った。彼は暫くの間茫然として現実を忘れていた。どの一つの品物も、はにかみ屋で臆病だったその頃の彼の自画像を、初めは愉しく後には苦しかった彼の恋愛を、彼の魂の状態を、示さないものはなかった。そして彼は溜息をついて現実に復り、三沢さんのためにどれか一つ品物を選ぼうとした。

教授が気がついたのはその時だった。最も秘密の品、最も彼が忘れ去りたいと望んでいた品、それがなかった。拳銃もなく弾丸を入れた黄色い麻袋もなかった。彼は箱の中のすべての品物を机の上に取り出した。記憶違いで他の場所に入れたのではないかと思い、さんざん考えた。しかしその拳銃こそ、留学記念の名にふさわしい最も重要な、最も不吉な記念品として、絶対にこの中になければならなかった。

彼は大学を出てオクスフォードに留学した。その頃は彼の両親も存命で、心置きなく息子の外遊を許すだけに裕福でもあった。彼は異郷にあって勉学にいそしみ同時にまたよく遊んだ。若いイギリス娘との恋愛も、初めはのんきな付き合いにすぎなかったのに、いつしか真剣な悲劇的なものに変っていた。彼は苦しみ抜き、遂には自殺しようとまで決心した。彼がそれを実行しなかったのは、年老いた両親が日本で待っていることを思い出したためだったのか、それとも結局は彼が臆病で卑怯だったということなのか。彼は幾度か拳銃を握りしめ、その度にそれを放り出し、ベッドの上に倒れて泣いた。彼は彼の外遊の記念物を、実らなかった恋愛の記念物を、そして彼の敗北の記念物を、モザイクの箱に詰め込んで日本に帰って来た。彼は平凡な見合結婚をした。しかしこの留学の三年間に彼の人生観は変ってしまった。

もしあの時に死んでいたら、と彼は空想した。そうしたら彼は結婚もせず、子供たちも生れず、ただ浅い穴を掘ったというだけで、それを埋めることにも気がつかなかっただろう。しかしそれでも良かったのだ。それもまた一つの充実した人生だった筈だ。死んだ方がよかったのか生きている方がよかったのか、それは誰にも分らない……。

麻生氏は自分に復り、空っぽの箱と机の上にひろげられたくさぐさの品物とを眺めて、現実的な不吉な空想におびやかされた。舜一のしたことではないかと疑った。この頃の舜一の何を考えているのか分らない暗い表情、沈んだ眼つき、重い口ぶり、そうしたものが一時に思い合された。彼はすぐにも舜一を呼びつけて問いただすつもりで、出した品物を大急ぎで箱の中に片づけ始めた。そしてふと、これは舜一ではない、謙二かもしれないと思いついた。謙二はこの前私が出掛けたあとで、この部屋にはいったかもしれない。この箱を見つけ出し、鍵を明け、ピストルを発見して、面白半分に別荘に持って行ったかもしれない。子供を疑うのは親として恥ずかしいが、しかし面白半分にいじり廻せば……。

面白半分に？　そこで教授の想像ははたと止り、それからめまぐるしく廻転した。ひょっとすれば。そうだ、ひょっとして謙二が死ぬ気でないと誰が言えよう。最も危険な年頃の子供、母親のない内攻性の子供、その子供に父親が再婚したいという深刻な事情を伝えたばかりなのだ。

教授は机の上に手をつき、それから椅子の上に崩れるように腰を下した。彼は今まざまざと先日の晩の謙二の寝言を思い出した。母ちゃん、母ちゃん。そして同時に三沢さんの凍りついたような表情をも。謙二は三沢さんが好きでも嫌いでもないと言った。我々の結婚をどうでもいいやと言った。そういう言葉の裏には、あの子が亡くなった母親を今でも思いつめ、この新しい状況に死ぬほどのショックを受けたことが、裏返しになって隠されているのかもしれない。まさかそれ程のことはないと思うが……。

麻生教授は今二つの選択を迫られている自分を感じた。三沢さんと結婚するか、それとも謙二のためにそれを諦めるか。もしこの結婚が息子の死を招くようなことがあったら、それはとうてい許せない。息子を不幸にするようなことは出来ない。

彼の眼の前に深淵があり、そこに落ち窪んだ眼つきをした自分の顔が浮んでいた。彼は三沢さんを愛していることを今やはっきりと暁《さと》った。もし自分が三沢さんと結婚できなければ、この後の生涯は黴くさい書斎と埃っぽい教室との間の空しい往復にすぎないだろう。自分に与えられた唯一度のチャンスなのだ。しかし彼はまた、小さい息子をも深く愛していたのだ。

教授は決心した。想像を玩《もてあそ》んだところでしかたがない。まず確めることだ。彼は急いで二階へ行き、舜一を書斎へと伴って来た。舜一は蒼い顔をしていた。

「お前この箱を明けたことはないかい?」

「いいえ。」

「この箱の中に実はむかし私が手に入れたピストルがはいっていたのだが。」

「さあ知りません。」

ピストルと聞いた時舜一の顔は一層蒼くなった。しかし嘘をついている様子はなかった。

「そうか、やっぱりね。」

「一体どうしたんです、それがなくなったんですか?」

教授は手早く彼の臆測を説明した。

「そんなに気にすることはありませんよ、お父さん。謙二の奴、面白そうだからちょっと拝借して行っただけですよ。」

「しかし実弾も一緒なのだ。」

沈黙が落ちた。舜一の眼がきらりと光った。

「それじゃ明日の朝、僕が向うへ行ってみましょう。お父さんは忙しいんでしょう?」

「そうしてくれると有難い。私も行きたいが明日の学会はどうしても欠席できないから。」

「なにお父さんが行ったらあいつがびっくりする。僕がうまく言ってやります。」

教授は放心したように何度も頷いた。そう頷くことで、謙二が少しでも危険から遠ざかることが出来るかのように。

11

謙二はまた昨日と同じ場所に来ていた。

三沢さんになぜバスケットと水筒とを置き忘れて来たのか、その説明をするのが骨だった。びっくりしたからだとでも言えば、何に驚いたのかを言わなければならない。そして実際にそれがなぜだったのか、なぜ飛ぶように逃げ帰って来たのか、自分でもうまく説明が出来ない。拳銃の発射が予想した以上の轟音を発したためか、啄木鳥が転げ落ちて来たためか。とにかくその時は何かが怖かったのだが、別荘まで帰り着いてみると綺麗に忘れてしまっていた。それで今日、とにかく何とか三沢さんを説き伏せて、お昼御飯を早めにしてもらって、また昨日の場所へ舞い戻った。三沢さんにその場所を説明し、近いんだから直に戻る、一人でも大丈夫、と昨日と同じようなことを言い、今日はおやつなしで出発した。とにかく一刻も早く大事な品物を取り返さなくちゃならない。

拳銃は林の中の草叢の上にちゃんと落ちていた。バスケットも弾丸のはいった黄色い袋ごと、辛夷の樹の根元にあった。そして赤松の幹のそばにはあかげらの屍が冷たくなっていた。謙二はその屍を両手の上にそっと抱きあげようとして、直に手を放した。それは何だか気味が悪かった。僕はお前を撃つ気じゃなかったんだよ、と彼は詫を言った。

彼は昨日と同じく辛夷の樹の蔭に腰を下した。あとはもう帰るだけだ。此処ですることはもう何もない。しかし彼はそこでいつまでもぼんやりしていた。

天気はやはりよく晴れ、微風が葉群をそよがせ、梢では日雀が鳴き交していた。しかし謙二にとって何かが昨日とは違っていた。彼は退屈だった。彼はもう風になることが出来なかった。風は彼の周囲を、彼と無関係に、吹き過ぎていた。別荘に戻って来てからの、いなお父さんの書斎でピストルを見つけ出した時からの、期待に充ちた精神の昂揚感は、昨日の一発を限りにゴム風船のようにしぼんでしまった。心の中は空虚で、何かが死んでしまったようだった。

なぜあんなにびっくりしたのだろう、と彼はまた考えた。そして意外にとっさにその答に思い当った。それはあの撃たれた鳥が、撃たれた瞬間に、石になってしまったからだ。それまでは僕は風の中にいた。僕の魂は無限にひろがって、風も、樹も、草も、鳥も、蟬も、みんな僕の魂の中にはいって来た。風は僕だったし、鳥も僕だった。それが不意に、みんな石になってしまったのだ。あの啄木鳥は石になって樹の幹から転り落ちて来た。それを見た僕も、今にも石になりそうだった。だから僕は怖くなって、一目散に逃げ出したのだ。

「僕はもう風にはなれないだろう。」

悲しそうに彼はそう呟いた。ごろりと草叢に寝ころび、幾重にも重なった葉群が濃く暗く緑を透き通らせているのを眺めていた。それから起き上り、バスケットの中にしまおうとして拳銃を取り上げた。それは焰硝くさい臭いがした。彼は弾倉を開いてそれをくるくると廻してみた。

その時、一つの思いつきが彼の心に浮んだ。そういう思いつきが浮ぶというのも、彼が退屈していた証拠に違いない。しかしそれは暇潰しというにはあまりにもぞっとするほど面白い考えだった。

彼は黄色い袋を開き、一発だけ弾丸を取り出し、それを弾倉の一つに塡めた。あとの五つの弾倉はからのままだ。それから銃身をもとに直し、くるくると弾倉を廻転させた。絶対公平でなければならない。不正があってはならない。彼は丹念に、幾度も幾度も、それを廻した。要するに、この六発のうちの一発だけが実弾なのだ。賭は六分の一だ。

それは「賭」だった。まさに彼の退屈の所産だった。彼は亡くなった母親が恋しかったわけでも、三沢さんが新しいお母さんになるのが不服だったわけでもない。そんなことはどうでもよかった。啄木鳥を撃ったことに罪を感じたわけでもない。それこそ本当に何でもなかった。ただ彼は途方もなく愉快な、謂わば本格的な、賭を思いついたというだけだ。それはあらゆる条件を満足させた。賭は一人では成立しない、——相手は運命そのものだった。賭は損をするかもしれない、——まさに負ければ死ぬわけだ。賭は公平でなければならない、——五対一というのは少し分《ぶ》がいいかな。

万一の場合に死ぬのが怖いということは勿論あった。単なる無鉄砲ではなかった。死とは、恐らく、決定的に石になることだろう。冷たい固まりになって、物も言えず、手足も動かない状態が永遠に続くことだろう。それはぞっとするほど厭だ。しかしこの賭に勝てば、そこにはきっと風がある筈だ。僕の魂はまたのびのびとひろがって、自由に風の中にはいって行ける筈だ。死を恐れるようでは自由な人間とは言えない。僕が死を恐れるような人間かそうでないか、自由な人間かそうでないか、どっちにしたって試してみるだけのことはある。

謙二は拳銃を右手に握り、立ち上った。こういう時に坐っていて撃つものではないと知っていた。足が少しふらふらしたから、足幅を開いて、充分に踏まえた。そこでもう一度弾倉をくるくると廻転させた。六発のうちの一発だ。

彼は右手を持ち上げ、銃身の先を右の耳のところに当てた。それはやりにくくて、直角に耳に当てるためには拳銃を握った右手を少し遠ざける必要があった。準備は完了した。

彼は眼をつぶり、神経を右手の人差指に集注させた。

彼は引金を引いた。

12

「まあ舜一さん、どうして急にいらっしゃったの？　さあお上んなさい。」

「謙二はいますか？」

びっくりしたせいか顔を赧らめている三沢さんに、玄関で靴も脱がずに舜一は単刀直入に訊いた。

「謙二さんはついさっき山の方へ行きましたけど。謙二さんがどうかしたんですの？」

「いや、ちょっと会いたいものだから。それで行った場所は分っていますか？」

三沢さんは心配そうに顔を翳らせ、山へ登るだらだら坂を小一時間も行った左側で、原っぱの尽きたあたりの落葉松と赤松との雑木林だとさっき謙二から聞いた通りを繰返した。

「昨日そこへ遊びに行って、おやつのバスケットを忘れて来たものだから、それを取りに行くと言ってきかなかったんですの。」

「じゃ昨日も行ったんですね。一人で？」

「ええ。一人で出しちゃいけなかったかしら？」

「いやいや、そういうわけじゃないんです。そう心配しないで下さい。ちょっと一走り行って来ます。」

「私も御一緒に参りましょう。」

「いや待っていて下さい。僕ひとりの方が足が早いから。」

「一体何があったんですの?」

三沢さんは気落ちしたような、怨じるような眼つきで舜一を見たが、舜一は心がせいていたので相手の気持までは考えなかった。

「帰ってから説明します。多分何でもないんですよ。親父の取越苦労が僕にうつっただけです。直に戻りますから。」

多分何でもない、そう自分に言い聞かせながら、足だけは奇妙に急いだ。春の終りの暖かい日射《ひざし》で、だらだら坂を登って行くにつれて薄すらと額に汗が滲んだ。人騒がせな奴だと思い、時々それでも銃声が聞えはしないかと耳を澄ませた。あたりは静かで、雲雀の鳴声に混って何処か麓の方の遠くで汽車の響きがしていた。歩きながら、彼は次第に弟のことよりも自分たちのこと、自分と雪子と井口のことを考え始めていた。

今この瞬間にも井口は息を引き取りつつあるかもしれない。井口は幸福そうな微笑を浮べながら死ぬだろう。彼は最後の瞬間まで雪ちゃんに愛されていると思い、それを親友の僕が祝福していると思い込んで、その誤解の中にあって何一つ疑わず、人間の善意を信じながら死んで行くだろう。井口は確かに雪ちゃんを愛しているし、それは彼の自由だから僕の知ったことじゃない。僕は井口を嫉妬しているわけじゃない。しかし彼が愛されていると思うのは間違いなのだ、虚偽なのだ。雪ちゃんがそれを僕に誓うのだから。

しかしそれを信じていいのか。雪ちゃんは僕ひとりを昔もそして今も愛していて、井口へはただ同情からお芝居をしているだけだと、そう信じてもいいものか。人は芝居で愛することは出来ない。純粋に同情だけでその中に愛がないということはあり得ない。雪ちゃんがくよくよするなと言い、雪ちゃん自身は井口に対する同情と僕に対する愛とを割り切って考えていると言っても、僕はそれを信じる気にはなれない。少くとも僕にはそういうことは出来ない。雪ちゃんは愛しているのだ、井口も、僕も。たとえ井口が死んでも、二つに分裂した雪ちゃんの気持がもとに戻ることはあり得ないのだ……。

舜一は心が不吉な冷たさの中に沈んで行くのを感じた。井口はまだ死んだわけではない。それなのにまるでもう死人のように扱っている。井口は僕の一番の仲良しで、彼が生き続けることが出来るためならば、僕は何ひとつ惜しむべきではない筈なのに。そして舜一は、瀕死の友人の側を離れて、自分が今、こんな日当りのいい山道を歩いているのを不思議なことに感じた。

しかし謙二もまた、今頃死にかけているかもしれないのだ。

道は草原を過ぎて林の中にはいった。山雀《やまがら》や日雀が朗かに鳴いていて、風が涼しく頬に吹きつけた。舜一は左手の林のなかを注意しながら道を歩いた。時々立ち止って、大声で弟の名を呼んだ。その度に小鳥が鳴きやみ、木霊が返って来た。確かにそれが落葉松と赤松との混った雑木林だと分ると、舜一は道をそれて林の中へはいって行った。

林といっても若草の茂る原に樹はまばらに生えていて、割合に見通しはよかった。舜一は道から離れないようにしながら草を踏んで歩いた。時々、弟の名を呼んだ。心の中では謙二が拳銃を持ち出したのはほんの遊び半分だと思っていたから、こんもりと茂った樹の蔭に、ぐんにゃりと倒れている人間を（それが謙二であることは直観的に分った）認めた時には、足がよろめき、心臓がぎゅっと引締った。

舜一はすぐに駆け出した。駆け出してから謙二の肩に手を掛けるまでの間、思考にならない思考、映像にならない映像が、素晴らしい早さで廻転した。謙二が死ぬなんてそんな筈はない。何もかも間違っている、何もかも嘘だ、と心の中で叫び続けた。

彼は謙二の身体をその肩を持ってぐいと抱き起した。

その瞬間、謙二は眼を開いたようだった。

「兄ちゃん、」と声を出した。

舜一は尚も弟の身体を揺すぶり続けた。見たところ何処にも傷らしいものはなかった。謙二は眼をぱちぱちさせ、ひょろひょろと起き上った。

「兄ちゃん、どうして此所にいるの？」

「おい気がついたか、一体どうしたんだ？」

「本当に僕どうしたんだろう？」

舜一は二人の足許のすぐ側に拳銃が落ちているのに気づいた。それを取り上げた時に、謙二が我に復ったような声で叫んだ。

「兄ちゃん危いよ。それ弾丸《たま》がはいっているよ、多分。」

舜一は急いで弾倉を開いてみた。確かに一発だけ弾丸がはいっていた。彼はそれを抜き取ってポケットにしまった。

「まあ此処にお坐り。一体どうしたんだか兄さんに話してくれよ。」

「それがね、僕にもよく分らないんだよ。」

二人は辛夷の樹の根元に仲良く並んで坐った。林の中では蝉の子が一斉に鳴き始めていた。

「僕ね引金を引いたとたんにきっと気絶しちまったんだね。あんまり緊張したもんだから、本当に弾丸《たま》が出たと思ったのかしらん？」

「しかし弾丸ははいっていたんだろう？」

「うん、でも一発だけだし、その一発が必ず飛び出すとは限っていないんだ。僕は賭をやっていたんだ。」

「賭だって？」

「そうだよ、賭だよ。」

「誰と？」

「そりゃ何て言うかな、運命って言うかな、分るだろう、兄さん。」

舜一は笑い出した。その笑い声は少し気違いじみていた。

「そんなにおかしなことじゃないよ。」と謙二は抗議した。

「御免御免、もうちっと詳しく説明してくれないかな。笑ったのは兄さんが悪かった。」

謙二が父の書斎から拳銃を無断借用して来たことや、昨日偶然に啄木鳥を撃ってしまったことなどを話して聞かせている間に、舜一は運命という言葉について考えていた。運命は一度や二度は勝を譲ってくれるだろう、それも弟のようなまだ年端も行かない無邪気な少年に対しては。しかし三度目には、運命は決して容赦をしないだろう。挑戦して来た人間を木っ端微塵に叩き潰すだろう。

「その鳥はどうしたんだい？」

「そこにいるよ。僕気味が悪くて。」

舜一は立って指さされた松のところへ行き、両手に乗るほどの鳥の屍を調べてみた。腹のあたりの羽は赤かったので血はあまり目立たなかった。彼はそれを草の上にそっとおろした。

「この鳥を埋葬してやろうじゃないか。このままじゃ可哀想だろう?」

「うん。」

「こいつはお前の身代りかもしれないよ。」

地面を掘る道具がなかったので、二人は木の小枝を取って来てせっせと赤松の根元を掘り始めた。草の下には小石が多く、脆弱な木の枝では仕事はなかなか捗取らなかったが、謙二は汗をかきながら熱心に掘り続けた。

「さあもういいだろう、」と兄が言った。

彼はあたりの草をちぎり取って穴の中に褥《しとね》をつくり、その上に啄木鳥の屍を乗せた。その上にまた草をちぎって投げ入れた。弟もそれに倣い、それから二人して掘っただけの土を穴の中に埋めた。そこが平かになるまで両手で抑えつけた。舜一は近くから手頃の石を取って来て、その墓の上に置いた。

「兄さん、石はやめてよ。」

「どうして?」

「どうしてって、僕は石は嫌いさ。」

舜一は逆らわずにその石を遠くへ投げた。弟は汚れた両手の掌をこすり合せながら、このままの方がいいや、と言った。二人はまた辛夷の樹のところへ戻り、舜一がバスケットの中に拳銃をしまった。

「これは僕が預って行くけどいいね？」

「うん。」

「お父さんがとても心配したんだぞ。」

「僕お父さんに叱られるね、黙って持って来たんだから？」

「お目玉を食うさ。覚悟してろよ。」

二人は一緒に笑い、あたりを見廻して忘れ物がないかどうかを確めた。弟が肩から水筒を下げ兄がバスケットを持って、もとの道の方へ戻った。

「それじゃお前は全然死ぬ気なんかなかったんだね？」と兄が訊いた。

「なかったよ。」

けろりとしているのが面憎いようだった。

「お前はお父さんから、お父さんが三沢さんと結婚するって話を聞いたんだろう？」

「うん、うちの人になってもらうって。」

「どうでもいいって言ったんだって？」

「うん。だって僕がおめでとうなんて言ったら、お父さんきっと生意気だって怒るよ。」

「それじゃ厭じゃないんだね、三沢さんがお父さんと結婚するの?」

「厭じゃないさ。どうでもいいんだよ、僕には。」

暫く坂道をくだって行ったあとで、謙二がまた言った。

「でもね、どうせうちの人になるんなら、僕は雪ちゃんの方がいいな。」

舜一は答えなかった。

「僕ね、雪ちゃんが兄さんのお嫁さんになってうちの人になってくれる方がずっと嬉しいよ。そりゃ三沢さんだっていい人だけど、雪ちゃんの方がずっといいもの。」

舜一は答えなかった。彼は今こう考えていた。井口は死ぬだろう。しかし井口が死んでも、雪ちゃんの心の中の微妙に変化したもの、虚偽によって生れ今やしっかりと根を張ってしまったものは、もう決して消えてしまいはしないだろう。僕と雪ちゃんとがどんなに愛し合い、結婚したところで、井口の幻はいつでも二人に付き纏い、二人の心の中に住み、あの善良な、あの幸福そうな微笑で二人の心に暗い翳を落すだろう。

「しかし僕は雪ちゃんとは結婚できないよ、」と舜一は答えた。

「でもね兄さん、兄ちゃん、兄ちゃんは雪ちゃんが好きだろう?」

その質問は彼の傷口に触れた。

「ね、好きだろう?」と弟は繰返した。

「ああ好きだよ。」

弟は嬉しげに叫んだ。

「僕も好きだよ。僕も雪ちゃんが大好きさ。だって雪ちゃんは亡くなった母ちゃんに似ているもの。」

雲雀の鳴いている晩春の高原を、二人の兄弟は次第に村の方へと下りて行った。

後記

ここには、この一年間に書いた作品と、それに一つだけ何となく今迄の短篇集に入れそびれていた小品とを収めた。総題に「廃市」という耳馴れない題名を採用したのは出版社の希望によるものだが、この造語は恐らくダヌンツィオの作品La Citta mortaを森鷗外あたりが譯したのが初めなのだろうと思う。まだその出典を見出していない。僕は北原白秋の「おもひで」序文からこの言葉を借りて来たが、白秋がその郷里柳河を廃市と呼んだのに対して、僕の作品の舞台は全く架空の場所である。そこのところが、同じロマネスクな発想でも白秋と僕とではまるで違うから、どうかnowhereとして読んでいただきたい。

そこでこの短篇集には、総題から推して、何となくロマネスクな匂いが漂うことになるが、そうした味のものは二篇きりで、あとの二篇は例によって抽象的な観念を主題にしたもの、もう二篇は散文詩ふうの小品ということになる。我ながら気楽に、愉しく書いたものが多い。しかし多少の変化はあるとしても、そのどれもが依然として僕の指向する魂の真実という立脚点に立っている筈である。発表した雑誌の時と場所とを次に記しておく。

廃市　「婦人之友」昭和三十四年七・八・九月号

沼　「別冊文藝春秋」四七号（昭和三十年八月）
飛ぶ男　「群像」昭和三十四年九月号
樹　「新潮」昭和三十五年二月号
風花　「人間専科」昭和三十五年二月号
退屈な少年　「群像」昭和三十五年六月号

この前の短篇集の巻末に、少数者のための文学なんてことを書いたら、勢いのいい若い批評家に、悲しいことを言うもんじゃない、それ位ならあなたの小説論でも付録につけた方がいいと言われた。小説論をつけるのは御免だが、後記を書くというのは気の弱い証拠だ。まず大抵は何の足しにもならない。しかし僕とすれば、小説というのはよそ行きの顔をしたものだから、こういう場所で、読者にちょっぴりお喋りをしたいという気にもなる。あまり咎め給うな。

著者

昭和三十五年六月

P+D BOOKS ラインアップ

居酒屋兆治　山口　瞳　●高倉健主演映画原作。居酒屋に集う人間愛憎劇

血　族　山口　瞳　●亡き母が隠し続けた私の「出生秘密」

家　族　山口　瞳　●父の実像を凝視する『血族』の続編的長編

江分利満氏の優雅で華麗な生活　《江分利満氏》ベストセレクション　山口　瞳　●〝昭和サラリーマン〟を描いた名作アンソロジー

江戸散歩（上）　三遊亭圓生　●落語家の〝心のふるさと〟江戸を圓生が語る

江戸散歩（下）　三遊亭圓生　●意気と芸を重んじる町・江戸を圓生が散歩

P+D BOOKS ラインアップ

浮世に言い忘れたこと　三遊亭圓生　●昭和の名人が語る、落語版「花伝書」

噺のまくら　三遊亭圓生　●「まくら（短い話）」の名手圓生が送る65篇

山中鹿之助　松本清張　●松本清張、幻の作品が初単行本化！

白と黒の革命　松本清張　●ホメイニ革命直後　緊迫のテヘランを描く

詩城の旅びと　松本清張　●南仏を舞台に愛と復讐の交錯を描く

風の息（上）　松本清張　●日航機「もく星号」墜落の謎を追う問題作

P+D BOOKS ラインアップ

風の息（中）　松本清張　●〝特ダネ〟カメラマンが語る墜落事故の惨状

風の息（下）　松本清張　●「もく星号」事故解明のキーマンに迫る！

象の白い脚　松本清張　●インドシナ麻薬取引の〝黒い霧〟に迫る力作

記憶の断片　宮尾登美子　●作家生活の機微や日常を綴った珠玉の随筆集

幼児狩り・蟹　河野多恵子　●芥川賞受賞作「蟹」など初期短篇6作収録

ウホッホ探険隊　干刈あがた　●離婚を機に始まる家族の優しく切ない物語

P+D BOOKS ラインアップ

海市	福永武彦	●親友の妻に溺れる画家の退廃と絶望を描く
風土	福永武彦	●芸術家の苦悩を描いた著者の処女長編作
夜の三部作	福永武彦	●人間の〝暗黒意識〟を主題に描く三部作
夢見る少年の昼と夜	福永武彦	●〝ロマネスクな短篇〟14作を収録
加田伶太郎 作品集	福永武彦	●福永武彦〝加田伶太郎名〟珠玉の探偵小説集
廃市	福永武彦	●退廃的な田舎町で過ごす青年のひと夏を描く

P+D BOOKS ラインアップ

罪喰い	赤江 瀑	●〝夢幻が彷徨い時空を超える〟初期代表短編集
春喪祭	赤江 瀑	●長谷寺に咲く牡丹の香りと〝妖かしの世界〟
おバカさん	遠藤周作	●純なナポレオンの末裔が珍事を巻き起こす
宿敵 上巻	遠藤周作	●加藤清正と小西行長 相容れぬ同士の死闘
宿敵 下巻	遠藤周作	●無益な戦。秀吉に面従腹背で臨む行長
銃と十字架	遠藤周作	●初めて司祭となった日本人の生涯を描く

P+D BOOKS ラインアップ

ヘチマくん　遠藤周作
●太閤秀吉の末裔が巻き込まれた事件とは?

決戦の時(上)　遠藤周作
●知られざる織田信長「若き日の戦いと恋情」

決戦の時(下)　遠藤周作
●天運を味方に〝天下布武〟へ突き進む信長

フランスの大学生　遠藤周作
●仏留学生活を若々しい感受性で描いた処女作品

快楽(上)　武田泰淳
●若き仏教僧の懊悩を描いた筆者の自伝的巨編

快楽(下)　武田泰淳
●教団活動と左翼運動の境界に身をおく主人公

P+D BOOKS ラインアップ

残りの雪（上）
立原正秋
● 古都鎌倉に美しく燃え上がる宿命的な愛

残りの雪（下）
立原正秋
● 里子と坂西の愛欲の日々が終焉に近づく

剣ケ崎・白い罌粟
立原正秋
● 直木賞受賞作含む、立原正秋の代表的短編集

サド復活
澁澤龍彥
● サド的明晰性につらぬかれたエッセイ集

マルジナリア
澁澤龍彥
● 欄外の余白（マルジナリア）鏤刻の小宇宙

玩物草紙
澁澤龍彥
● 物と観念が交錯するアラベスクの世界

P+D BOOKS ラインアップ

都心ノ病院ニテ幻覚ヲ見タルコト	澁澤龍彦	● 澁澤龍彦が最後に描いた〝偏愛の世界〟随筆集
秋夜	水上勉	● 闇に押し込めた過去が露わに…凛烈な私小説
五番町夕霧楼	水上勉	● 映画化もされた不朽の名作がここに甦る！
やややのはなし	吉行淳之介	● 軽妙洒脱に綴った、晩年の短文随筆集
焔の中	吉行淳之介	● 青春＝戦時下だった吉行の半自伝的小説
男と女の子	吉行淳之介	● 吉行文学の真骨頂、繊細な男の心模様を描く

P+D BOOKS ラインアップ

虫喰仙次	色川武大	戦後最後の「無頼派」、色川武大の傑作短篇集
小説 阿佐田哲也	色川武大	虚実入り交じる「阿佐田哲也」の素顔に迫る
遠い旅・川のある下町の話	川端康成	川端康成の珠玉の「青春小説」二編が甦る！
親友	川端康成	川端文学「幻の少女小説」60年ぶりに復刊！
廻廊にて	辻邦生	女流画家の生涯を通じ〝魂の内奥〟の旅を描く
夏の砦	辻邦生	北欧で消息を絶った日本人女性の過去とは…

P+D BOOKS ラインアップ

眞晝の海への旅　辻 邦生　●暴風の中、帆船内で起こる恐るべき事件とは

大世紀末サーカス　安岡章太郎　●幕末維新に米欧を巡業した曲芸一座の行状記

前途　庄野潤三　●戦時下の文学青年の日常と友情を切なく描く

アニの夢 私のイノチ　津島佑子　●中上健次の盟友が模索し続けた〝文学の可能性〟

小児病棟・医療少年院物語　江川 晴　●モモ子と凜子、真摯な看護師を描いた2作品

わが青春 わが放浪　森 敦　●太宰治らとの交遊から芥川賞受賞までを随想

（お断り）

本書は１９６０年に新潮社より発刊された単行本を底本としております。
旧漢字・旧仮名づかいを新漢字・新仮名づかいに改めたほか、
あきらかに間違いと思われるものについては訂正いたしましたが、
基本的には底本にしたがっております。
また、底本にある人種・身分・職業・身体等に関する表現で、現在からみれば、
不当、不適切と思われる箇所がありますが、著者に差別的意図のないこと、
時代背景と作品価値とを鑑み、著者が故人でもあるため、原文のままにしております。

福永武彦（ふくなが たけひこ）
1918年（大正７年）３月19日—1979年（昭和54年）８月13日、享年61。福岡県出身。1972年『死の島』で第４回日本文学大賞受賞。代表作に『草の花』『忘却の河』など。作家・池澤夏樹は長男。

P+D BOOKS

ピー プラス ディー ブックス

P+Dとはペーパーバックとデジタルの略称です。
後世に受け継がれるべき名作でありながら、現在入手困難となっている作品を、
B6判ペーパーバック書籍と電子書籍で、同時かつ同価格にて発売・配信する、
小学館のまったく新しいスタイルのブックレーベルです。

廃市

2017年7月16日　初版第1刷発行
2025年5月7日　第8刷発行

著者　福永武彦
発行人　石川和男
協力　三坂　剛
発行所　株式会社　小学館
〒101-8001
東京都千代田区一ツ橋2-3-1
電話　編集　03-3230-9355
販売　03-5281-3555
印刷所　株式会社DNP出版プロダクツ
製本所　株式会社DNP出版プロダクツ
装丁　おおうちおさむ（ナノナノグラフィックス）

ISBN978-4-09-352307-3

P+D BOOKS